Celuloide casi virgen

Fernando Vizcaíno Casas abrió esta colección de Planeta con su libro *Historias puñeteras,* una antología de anécdotas del mundo de la justicia cuyas siete ediciones aparecidas hasta hoy dan fe de un éxito incuestionable. Ofrece ahora en la misma colección *Celuloide casi virgen:* esta vez el divertido anecdotario se centra en los ambientes cinematográficos, en sus estrellas famosas, en sus peripecias y en sus infinitas picardías.

Entre ambos títulos, Vizcaíno Casas publicó *Los imposibles sueños de un señor muy de derechas,* novela profunda, recreación de las ilusiones y los desengaños de tres generaciones de españoles, en la que mantiene la línea de humor y nostalgia de sus anteriores obras, *Todos al paro, La sangre también es roja, ... y los 40 ladrones.*

No es preciso insistir en las virtudes literarias de este autor que en los últimos veinte años ha ofrecido a su fiel público treinta y siete libros. Todos ellos editados por Planeta y todos, asimismo, reeditados numerosas veces como prueba de la vigencia y aceptación de un estilo literario directo y sencillo, irónico y amable, unánimemente celebrado por millones de lectores.

Fernando Vizcaíno Casas

Celuloide casi virgen

PLANETA

Córcega, 273-279, 08008 Barcelona (España)
Diseño de la colección: Josep Bagà
Ilustración de la cubierta: Analía Gadé en «La vil seducción» (foto Kobal)
Primera edición: noviembre de 1998
Depósito Legal: B. 44.732-1998
ISBN 84-08-02791-3
Composición: Fotocomp/4, S. A.
Impresión: Hurope, S. L.
Encuadernación: Encuadernaciones Roma, S. L.
Printed in Spain - Impreso en España

ÍNDICE

LA INOCENTADA

El cine nació el 28 de diciembre de 1895; el día de los inocentes, es decir. Y en París, como parece natural tratándose de un espectáculo que en sus comienzos se consideraba frívolo. Por el precio de un franco, los ciudadanos interesados en los avances del progreso pudieron contemplar en un sótano de la capital francesa la proyección de diez películas cortas. No fueron muchos; solamente treinta y cinco, pues la recaudación en esta *première* sumó treinta y cinco francos. Aunque es de suponer que además de los invitados, alguno se colaría. De todos modos, una entrada floja.

Las películas habían sido rodadas por los hermanos Lumière, a quienes desde entonces se considera inventores del *cinematógrafo,* como se le llamaba siempre en un principio, antes de reducir el nombre por razones de comodidad. Pero no es del todo exacto que ellos fuesen sus únicos descubridores. Seis años antes, Edison había construido en Estados Unidos un *kinetoscopio,* que para el gran erudito Ángel Zúñiga supuso, en realidad, la *piedra filosofal* del cine. En Inglaterra, por su parte, consideran a William Friese Greene como verdadero padre del descubrimiento.

En California y ya en 1876, un tal Muybridge, después de cinco años de experiencias, consiguió recoger las imágenes de un caballo al trote; nadie le hizo demasiado caso, quizás porque bautizó su aparato con el difícil nombre de *zoopraxinoscopo*, que a ver quién era capaz de aprendérselo. Tampoco se le reconoce categoría de inventor al alemán Ottomar Anschüyz, quien presentó en 1887 su *electrotaquiscopio* (también el nombrecito se las traía), con el cual había cronofotografiado a un lanzador de jabalina.

Nuestro orgullo patriótico nos obliga a asegurar, como algunos autores han hecho en serio, que el más remoto antecedente de los fotogramas se encuentra en las pinturas de las cuevas de Altamira. Bueno, ¿y por qué no? Además de esto, el doctor Jaime Ferrán descubrió en 1892 una emulsión fotográfica de bromuro de plata con gelatina que permitía realizar instantáneas con la rapidez imprescindible para el cine. De ahí que otro erudito, Carlos Fernández Cuenca, estimase que de ahí partió el *nuevo arte*. Mas sucedió que el doctor Ferrán, en lugar de llevar estas experiencias hasta el final, prefirió dedicarse a descubrir las vacunas contra el cólera y el tifus. Reconozcamos que bastante más importantes para la humanidad.

En fin, que a pesar de tantos antecedentes (y algunos más que omito), los franceses impusieron su habitual chauvinismo y se llevaron el gato al agua; universalmente se considera hoy que los hermanos Augusto y Luis Lumière fueron los verdaderos inventores del cinematógrafo y como a tales se les homenajeó hace tres años, cuando se celebraba el centenario de aquella primera proyección pública de sus películas.

Películas, obviamente, de mínimo metraje —alrededor de cincuenta metros—, y en consecuencia muy corta duración: apenas cuatro o cinco minutos. Vinieron a ser como un anticipo de lo que hoy llamamos noticieros: *Salida de los obreros de la fábrica Lumière* (la vanidad de los productores nació ya con el cine), *La comida, Llegada de un tren a la estación de La Ciotat, La plaza de Cordelliers, en Lyon*. Y como único filme con cierto esquema argumental, *El regador regado* (titulado en principio *El jardinero*), primera muestra de cine cómico.

Cinco meses después de la primera proyección cinematográfica en París, el invento llegaba a España. En día también señalado, pues el 15 de mayo de 1896, festividad de San Isidro, patrono de Madrid, se ofrecía en la capital del Reino un programa a base de tres títulos de los Lumière: la inevitable salida de su fábrica, la divertida peripecia del regador y, para epatar, unas vistas de la avenida de los Campos Elíseos. Tuvo lugar el acontecimiento en los bajos del hotel de Rusia, situado a la sazón en la carrera de San Jerónimo, esquina a Ventura de la Vega. La casa todavía existe y una placa en su fachada recuerda la efemérides.

La primera sesión fue presidida, cómo no, por el embajador de Francia y a ella fueron invitadas las alumnas del colegio de San Luis de los Franceses. No consta que se cantase *La marsellesa*, aunque tampoco debamos descartarlo. La entrada costó una peseta y los pases duraban alrededor de veinte minutos. Delegado de los Lumière y organizador del festejo fue un tal *monsieur* A. Promió, cuyo entero nombre de pila no recoge ningún historiador. Pónganle el que más les guste: André, Antoine, August, Albert...

Ese mismo día de San Isidro, el *monsieur* en cuestión rodó por vez primera una película en España. ¿Les extraña que se tratase de la *Salida de las alumnas del colegio de San Luis de los Franceses*? Ahora bien, en fechas sucesivas también realizó generosamente otras varias que recogían temas castrenses españoles: unas maniobras de artillería en Vicálvaro, actividades del regimiento de ingenieros del cuartel de la Montaña, el Real Cuerpo de Alabarderos saliendo del palacio de Oriente...

Desde Madrid, el *asombroso invento* pasó en seguida a Barcelona, donde las proyecciones tuvieron lugar en los locales de la antigua fotografía *Napoleón*, en la Rambla de Santa Mónica. Allí el éxito popular fue mucho mayor que en Madrid, posiblemente porque (¡ah, la visión comercial de los catalanes!) la entrada costaba tan sólo treinta y cinco céntimos. Y fue conociéndose sucesivamente en las principales ciudades españolas; aunque en Bilbao la autoridad gubernativa condicionó su permiso, advirtiendo que se podría «retirar el artefacto *(sic)* si se producía algún acontecimiento lamentable».

El primer productor cinematográfico español fueron dos; don Eduardo Jimeno, padre, y don Eduardo Jimeno, hijo, aragoneses ambos, que explotaban un barracón de figuras de cera en la madrileña glorieta de Bilbao. Compraron en París una máquina Lumière, por cierto, falsificada: desde sus comienzos el mundo del cine se llenaba de pícaros. A pesar de todo, les sirvió para recorrer España ofreciendo sesiones, siempre con el programa ya conocido.

Y cuando consiguieron una Lumière auténtica, decidieron rodar películas. La primera fue, originales ellos, *Salida de misa de doce de la iglesia del Pilar de Zaragoza*. Aunque con ocasión de celebrarse el centenario de la efemérides se ha discutido acerca de la fecha exacta de su realización, parece como más cierta la de mediados de 1897. Adviértase la curiosa circunstancia de que en Francia comenzaron con un cine digamos social (la salida de los obreros) mientras que aquí, como una premonición de lo que lustros más tarde se nos vendría encima, empezamos con película religiosa.

El siguiente productor cinematográfico español iba a ser ya, naturalmente, catalán: Fructuoso Gelabert, natural del pueblo de Gracia, después anexionado a Barcelona. Fabricó su propia máquina de impresionar y con ella rodó una película más o menos de argumento, *Riña en un café*, además de las inevitables *salidas*: de los trabajadores de *La España Industrial* (social) y de la iglesia de Sants (religiosa). A veinte céntimos la entrada, las exhibió en uno de los clásicos entoldados, durante la Fiesta Mayor, recaudando mil quinientas pesetas. Una suma entonces importante y la prueba evidente del interés que *aquello* despertaba.

El primer local cinematográfico de Madrid fue, ya lo dijimos, el de los Jimeno: el Salón Maravillas, anteriormente museo de cera. La propiedad puso un pleito a los inquilinos, aduciendo el peligro de incendio que suponía la proyección de películas y logró desahuciarles. Se instalaron entonces en un barracón de madera, en el número 125 de la calle Fuencarral, al que bautizaron pomposamente como Palacio de Proyecciones. Pero el concejal del barrio, don Luis Mazzantini, ordenó cerrarlo, porque a su juicio carecía de suficientes medidas de seguridad. Este Mazzantini había sido famoso torero; acabó de gobernador civil de Madrid y decían las gentes que, recordando su juventud en traje de luces, gustaba mucho de hacer grandes faenas.

Finalmente, los Jimeno se trasladaron a un solar próximo al anterior local, también en la calle Fuencarral, aunque en la acera opuesta. Volvieron a llamarle Proyecciones y ahí sigue. En el mismo sitio, se entiende, porque naturalmente, andando los años, se construyó un nuevo edificio, reformado posteriormente varias veces y ahora adaptado al cinemascope.

La difusión del cine en toda España fue tan rápida como extensa. A comienzos de siglo funcionaban en Madrid siete locales; cuatro en Barcelona. Llegaban del extranjero películas ya de cierta duración y un aragonés genial, Segundo de Chomón, realizaba insólitos filmes de magia, misterio e imaginación, con un aparato tomavistas que construyó, partiendo de un cajón de pasas. Inventó también el *travelling*, uniendo dos patines por una tabla y dirigiéndolos con un palo de madera, para que la cámara se desplazara siguiendo a los personajes. Realizó películas en color, por el agotador sistema de iluminar a mano todos y cada uno de los fotogramas. Usó las sombras animadas en yuxtaposición con la imagen real y fue el introductor de los dibujos animados. Ni que decir tiene que semejante talento, el gran adelantado de los efectos especiales, el fantástico e imaginativo pionero de la más audaz técnica cinematográfica, tuvo que marcharse de España para terminar trabajando en Italia y en Francia, donde sí reconocieron debidamente su genialidad.

Por supuesto que el cine era mudo. Como las películas resultaban cada vez más largas y ya tenían argumento, no bastaba con los letreros explicativos; porque, además, eran muchos entonces los analfabetos en el país. Y aparecieron los *explicadores*: personas de fácil verbo, potente voz y gran capacidad de imaginación, que iban contándole al público, a su manera, lo que sucedía en la pantalla. Algunos, en singular pluriempleo, ejercían al mismo tiempo como pianistas. Porque se había impuesto el acompañamiento musical, para mejor crear el clímax del filme.

Explicadores hubo que llevaban por sí solos el público a los cines. Y cuya *versión oral* del argumento variaba sus matices y hasta su contenido, según fuera el ánimo de los espectadores. Por cierto que uno de los más famosos explicadores fue el novelista Tomás Borrás; curiosamente, treinta años más tarde y siendo jefe del Sindicato Nacional del Espectáculo, consintió el disparate del doblaje obligatorio de las películas extranjeras, «para evitar que se perjudique el idioma castellano con el influjo de fonéticas extranjeras» (*sic* en el *BOE*). Cosas del subconsciente, quizás; ya que, bien pensado, los explicadores habían sido los primeros dobladores.

Bueno, pues con la inocentada de 1895, el cine se puso en marcha. Hay que ver la velocidad que adquirió en su imparable carrera. Se hizo industria poderosa (en España, no tanto), convirtióse incluso en arte, el séptimo dieron en llamarle, y millones y millones de ciudadanos de todo el mundo se alimentan hoy a base de celuloide. Los artistas son definidos con metáforas siderales, *estrellas* y *astros*, y el llamado *mundo de la pantalla* concita el interés y la curiosidad de mucha gente, de múltiples razas y condiciones, ávidas por conocer sus interioridades.

Algunas desvelaremos en los capítulos que siguen; quizás para desilusionar un tanto a los adoradores del gran mito.

EL PRODUCTOR (NO SIEMPRE CAPITALISTA)

Lo primero que se necesita para hacer una película es encontrar alguien que la pague. Ese teórico capitalista se llama productor. Y puede ser persona física o jurídica. En los comienzos del cine, allá por los años diez y veinte del siglo que se nos acaba, muchos caballeros entusiastas del *arte de las sombras*, como solían llamarle, arriesgaban su dinero para financiar películas mudas. E incluso lograban beneficios industriales; claro que por entonces rodar un filme costaba cuatro perras, no existía la competencia de la tele y a la gente le entusiasmaba aquel espectáculo, en constante progresión.

Cuando comenzó a encarecerse la producción, las empresas fueron dejando de ser individuales para convertirse en sociedades mercantiles. Ni que decir tiene que esto ocurría aquí cuando ya en Hollywood llevaban muchos años realizando sus películas desde una organización industrial seria y perfectamente controlada. Las grandes marcas americanas surgieron muy pronto; bastantes de ellas continúan en activo, aunque ahora se dediquen mayormente a fabricar series televisivas.

El gran capital español nunca se sintió atraído por el negocio del cine, ni siquiera cuando parecía rentable. Claro que las pocas experiencias de los financieros que se arriesgaron a invertir sus dineros en la producción de películas fueron más bien negativas. En los años veinte lo hicieron don Juan Navarro Reverter, los hermanos Herrera Oria y hasta el ex ministro de Hacienda, conde de Caralt. En 1930 se fundó la Sociedad Cinematográfica Española; uno de sus socios era nada menos que Juan March. Bueno, pues tampoco funcionó.

En 1932 se fundó en Valencia Cifesa, anagrama de Compañía Industrial del Film Español, S. A., que durante más de treinta años sería, ésta sí, una empresa cinematográfica como Dios manda, con su organigrama industrial, sus planes de producción cuidadosamente diseñados y una gestión administrativa impecable. Casi al mismo tiempo, en Madrid un grupo de figuras conocidas de la literatura y de la música fundaron la CEA, Cinematografía Española y Americana. Eran Jacinto Benavente, los hermanos Álvarez Quintero, Muñoz Seca, Eduardo Marquina, los maestros Guerrero y Alonso. También fue solvente, también duró mucho tiempo. Más que Cifesa, que allá por los sesenta se vino abajo triste y estrepitosamente. Como la CEA seguía entonces boyante, en las tertulias, la gente del celuloide dio en decir que «la suerte de la CEA, Cifesa la desea...».

En los años de la posguerra aparece el tipo de productor con muchas ideas pero sin un duro;

con grandes entusiasmos, pero carente de la menor solvencia. Y sin embargo, muchos de ellos no pararon de hacer películas, en buena parte gracias a esa benéfica institución mercantil llamada letra de cambio. Superando la sabiduría del catedrático don Joaquín Garrigues, aquellos personajes agotaron todas las posibilidades del negocio cambiario: libraban las letras, las endosaban, las renovaban, las peloteaban y finalmente, las protestaban.

Daba igual; milagrosamente, solían salir a flote, aunque se llevasen por delante a los ingenuos que les habían avalado o a los inocentes que creyeron en las infinitas posibilidades del negocio en el que les embarcaron. Espartaco Santoni, reputado playboy, promotor de salas de fiestas, actor, recordman de matrimonios, que murió a finales del verano de 1998 fue también productor de cine. Incluso realizó algunas películas de calidad. En sus memorias, *No niego nada,* cuenta con toda tranquilidad cómo en dos ocasiones fue consiguiendo créditos bancarios sin otro aval que su labia, su simpatía y sus promesas. Al final, los directores de las agencias urbanas que le habían facilitado muchos millones, se vieron en la calle y uno incluso terminó en la cárcel. Pero las películas se hicieron.

*

El gremio de productores cinematográficos españoles ha contado con personajes singulares. Hay que citar en seguida a Cesáreo González, gallego en constante ejercicio, hijo de modesta familia que a los trece años se embarcó como polizón con destino a Cuba. Llevaba en el bolsillo quinientas pesetas, que al llegar a La Habana había duplicado, gracias a su habilidad y fortuna con las cartas. Trabajó en los más diversos oficios y con sus ahorros, marchó a México, donde acabó adquiriendo la panadería en la que había comenzado como simple empleado.

De vuelta a España, en 1931, montó en Vigo una agencia de publicidad, al tiempo que se dedicaba también a la venta de automóviles. En 1939 conoce por vez primera de cerca el negocio del cine, en ocasión de rodarse en Galicia *El famoso Carballeira*. Picado por el gusanillo del celuloide (y por los encantos de las estrellas) produce al año siguiente su primera película, *Polizón a bordo*, funda la empresa Suevia Films y se embala. A su muerte, en 1968, había lanzado al mercado más de cien películas, fue el primero en llevar con asiduidad y éxito el cine español a Hispanoamérica y para él trabajaron los principales directores y artistas de nuestra cinematografía. En sus muchas coproducciones, contó también con famosos extranjeros: María Félix, Vittorio Gassman, Pedro Armendáriz, Rossano Brazzi, Ludmila Tcherina, Raf Vallone, Negrete, Louis Jourdan, James Mason, Betsy Blair...

Era avasallador, incansable, con un enorme don de gentes e infinita capacidad de trabajo. Le dieron fama de seductor, que él no intentaba desmentir... En su despacho de director de Suevia tenía una bombilla roja sobre la puerta; cuando se iluminaba, nadie podía molestarle bajo ningún pretexto. Solía encenderla cada vez que recibía la visita de alguna estrella hermosa o de cualquier aspirante a serlo. Aunque jamás pudo saberse si la encendía con motivo.

Lo que no consiguió Cesáreo fue pronunciar bien el castellano, en parte porque nunca perdió la fonética gallega. Así, durante el rodaje de *Fedra* explicaba que había tenido problemas para que las autoridades sanitarias le autorizasen a rodar unas escenas con caballos corriendo por la playa, por el peligro del *tuétanos*. En Venecia, comentando la belleza de las autopistas italianas, advirtió que había que conducir con precaución ya que estaban *plagiadas* de automóviles. Siempre decía *pilícula* y malas lenguas aseguraron que en sus últimos años se había quejado amargamente:

—Ahora que ya he aprendido a decir película, resulta que le llaman *flim*.

Fenomenal tipo, Cesáreo González, que tanto hizo por el cine español y tantos millones dio a ganar a sus profesionales. Por eso, todos le recuerdan con cariño.

*

Antonio Bofarull era el propietario de un restaurante de Barcelona, Los Caracoles, que hoy continúa sirviendo estupendos *suquets* en la calle de Escudillers. Grande, grueso, más de cien kilos en una anatomía sin embargo ágil, cubría su calva con un peinado de persiana, a lo Anasagasti. Todas las mañanas se le veía pasar por las Ramblas, en un tílburi arrastrado por hermoso caballo: venía de hacer la compra, en el mercado.

Tenía ya los cincuenta años bien cumplidos cuando sintió la atracción del celuloide. Intervino como actor secundario en bastantes películas y acabó metiéndose a productor. Su empresa Titán Films lanzó varios títulos, con desigual fortuna. En uno de ellos, *Rostro al mar*, incluso se adjudicó el papel de galán y protagonista absoluto. En la difícil lucha por las clasificaciones y los permisos de importación, volcaba toda su simpatía y unos tímidos sobornos. David Jato contaba que en cierta ocasión fue a visitarle a su despacho de jefe del Sindicato del Espectáculo y para ablandarle dejó sobre su mesa varias butifarras envueltas en papel de periódico.

Muchos artistas comían a diario en su restaurante, cuando estaban trabajando en estudios barceloneses. Tenía con ellos un trato de favor a la hora de pagar las cuentas. Con ellos y con las señoritas más o menos alegres, que también frecuentaban Los Caracoles; la factura era distinta si la abonaban ellas o su acompañante. Fernán-Gómez recuerda en sus memorias que, en sus comienzos como actor, también se benefició de esta generosidad de Bofarull. Hasta que, pasado algún tiempo y cuando Fernando ya tenía cierta notoriedad, se extrañó de que la cuenta de su almuerzo hubiese subido por encima de lo que venía siendo normal.

—Es que ya te cobro como a Amadeo Nazzari —le halagó el mesonero-productor.

La última vez que le vi, me enseñó con lógica satisfacción las reformas que había realizado en su establecimiento. Señalando un ventanal abierto en el techo de uno de los comedores, explicó:

—Y por aquí entra una luz *genital*.

Otro estupendo personaje, vaya.

*

Adolfo de Arenaza, anticuario de profesión, se dedicó a productor de cine en los años cuarenta. Con Antonio Román como director, su empresa, Hércules Films, realizó varias películas de bastante ambición; la más celebrada, *Boda en el infierno*. Bueno, pues cierta mañana visitaba un convento, donde pensaba rodar unos interiores, y advirtió en uno de los pasillos, colgado de cualquier manera, un cuadro que su buen ojo profesional le hizo comprender que era valioso. Se trataba de un retrato; quizás un Zurbarán. O de su escuela; sin duda, importante.

Con grandes aspavientos, Arenaza se dirigió a la madre superiora que le acompañaba.

—¡Pero, madre! ¿Cómo tiene usted este retrato en el convento?

—¿Pues qué le pasa al retrato?

—¿Es posible que no lo sepa? Ése es Lutero; sí, el mismísimo Lutero, profanando con su feo rostro esta santa casa...

La superiora se persignó sorprendida y asustada ante tamaña herejía. El astuto productor la tranquilizó de inmediato:

—Vamos a hacer una cosa, reverenda madre. Ahora mismo me llevo yo el cuadro pecaminoso, para echarlo a la hoguera. Y mañana les regalaré a cambio una lámina del Sagrado Corazón de Jesús, que estoy seguro de que les encantará...

*

Cuando las cosas se ponían muy mal, aquellos audaces productores de los años cuarenta/cincuenta no tenían más remedio que acudir a los profesionales de la usura. Había varios conocidos, que prestaban dinero con intereses subidos, asegurándose su reintegro mediante documentos notariales en los que se les reconocía su derecho a percibir las subvenciones del Estado e incluso los permisos de importación, caso de no haber sido devuelto el préstamo.

Cierto curioso personaje inventó un original sistema para encubrir los préstamos usurarios y, al mismo tiempo, satisfacer su ilusión de toda la vida, la de ser actor de cine. Aquel caballero, ya cincuentón, decía tener el título de abogado, aunque no ejercía, pues disfrutaba de unas rentas que le permitían vivir con desahogo. Sus préstamos no eran grandes, cincuenta o cien mil pesetas a lo sumo, que sin embargo y en aquellos tiempos, sabían a gloria al productor angustiado.

Entonces, don Antonio exigía interpretar un papel en la película en cuestión, un papel secundario, claro. (Aunque a medida que le fue tomando afición, aumentó la importancia de sus personajes.) Para ello había que firmarle el correspondiente contrato de trabajo, en el modelo oficial del Sindicato. Supongamos que lo que normalmente cobraría un actor de reparto por aquella intervención fuera diez mil pesetas. Y el préstamo ascendía a cuarenta mil. Los intereses, dieciséis mil.

La cosa estaba clara: en el contrato sindical se fijaba como remuneración de don Antonio, por su trabajo en la película, el total de sesenta y seis mil pesetas. La ventaja de la fórmula sobre las habituales de los usureros normales era indudable: si no se les pagaba su *salario*, el taimado prestamista acudiría a la Magistratura de Trabajo, reclamando unos *emolumentos profesionales* adeudados. Con la sentencia en el bolsillo, podía embargar la película y aumentar todavía más sus beneficios.

Don Antonio intervino en más de veinte películas. Llegó a creerse un magnífico actor: frecuentaba las tertulias de cine, se perecía por salir entrevistado en los periódicos y tan en serio se lo tomó, que un mal día decidió meterse a productor, naturalmente para interpretar el personaje protagonista de una película, cuyo argumento también había escrito.

Castigo de Dios: casi se arruinó en el empeño, pues el bodrio quedó inédito. Nadie osó distribuirlo, después de haber sido clasificado en tercera categoría.

*

Porque hasta el regreso de García Escudero a la Dirección General de Cinematografía, en 1962, el negocio de las películas estaba en función más que de su éxito comercial (salvo casos aislados), de la clasificación que le otorgara la junta correspondiente, que dependía del organismo ministerial.

Formaban parte de ella funcionarios de la Administración, críticos de cine, escritores y sacerdotes. Aunque, obviamente, quienes llevaban la voz cantante eran los representantes del ministerio, si bien los clérigos tenían derecho de veto. Las categorías iban desde el *interés nacional* a la *tercera categoría*, y según las clasificaciones los productores recibían determinado número de permisos de importación y doblaje de películas extranjeras. Estos permisos los vendían después a las distribuidoras, que sin ellos no podían adquirir títulos foráneos para exhibirlos en España.

Previamente, los productores españoles sometían al ministerio el *costo* de sus filmes. No hará falta aclarar la imaginación, la fantasía que derrochaban para *hincharlos* debidamente. Ya que sobre ellos se les daba una subvención. Total, que entre ésta y antes, con los permisos, podía ocurrir (y ocurría muchas veces) que una peliculita de tres al cuarto diera beneficios sin haberse estrenado. (*Nihil novum sub sole*: ahora mismo está ocurriendo algo parecido. Pues productores hay que ganan ya dinero con la subvención del Estado y el anticipo de las televisiones, sin que les importe que después su filme sólo se proyecte a altas horas de la madrugada en la pequeña pantalla.)

Durante cierto tiempo fueron miembros de la Junta de Clasificación los novelistas Wenceslao Fernández-Flórez y José Francés y el periodista Víctor de la Serna. Un sagaz productor catalán, Carreras Planas, anunció su plan de rodaje para aquel año: *Ha entrado un ladrón*, sobre la novela de Fernández-Flórez; *La mujer de nadie*, basada en la novela de José Francés; *La niña de Luzmela*, adaptación de la novela de Concha Espina (madre de Víctor de la Serna).

Casualidad: los tres títulos consiguieron una excelente clasificación.

*

De las ambiciones artísticas (es un decir, como verán en seguida) de algunos antiguos productores da idea la anécdota que narra Méndez Leite en su libro *Cuarenta y cinco años de cine español*. Sucedió en 1918; reunidos un anochecer de la Semana Santa en el teatro Poliorama de Barcelona un grupo de profesionales del cine (mudo, claro), Arturo Carballo, un industrial que llevaba producidas varias películas, apostó que era capaz de realizar un filme de corto metraje, improvisándolo desde aquel momento y proyectando la primera copia antes del amanecer.

Y en efecto; contrató allí mismo a unos actores de teatro —entre otros al prestigioso Salvador Soler Mari, padre de Amparo Soler Leal—, rodó con ellos más de trescientos metros de un argumento mínimo sobre la pasión de Nuestro Señor Jesucristo, reveló, positivó y poco después de las cuatro de la mañana proyectaba *Bosquejo cinematográfico*, que así intituló la cosa. ¡Cómo debió salir la cosa!

Pero ganó la apuesta, que era lo que importaba.

*

En alguna ocasión, para reducir el costo de las películas, los productores ofrecen a sus principales protagonistas participar en los beneficios, a cambio de rebajar el importe de sus salarios. Los protagonistas pican, pues por lo general, las películas realizadas mediante tal sistema tardan años y años en amortizarse, si es que por fin lo consiguen. Las cuentas del astuto productor resultan reiteradamente negativas, entre otros motivos porque, según explica a los copartícipes en el negocio, los gastos *se dispararon* muy por encima de lo previsto.

Los artistas suelen ser renuentes a la contabilidad; así que aceptan resignadamente la versión del productor. En cierta ocasión, un actor más pejiguero que sus compañeros, se tomó la molestia de investigar a fondo las cuentas de la producción. ¡Y cómo no iban a haber aumentado los gastos, si el productor incluía entre ellos (en el capítulo *vestuario*) un collar de esmeraldas y el abrigo de visón que regaló, durante el rodaje, a la protagonista! Que, naturalmente, era su amante.

Hay excepciones. Hay empresarios honestos y cumplidores. Cuando la productora Chamartín realizó *Marcelino, pan y vino,* los actores principales fueron contratados por debajo de su caché normal, pero participando en los posibles beneficios. Como es sabido, el filme obtuvo un éxito colosal, y no sólo en España, sino incluso en países tan cerrados para el cine nacional como Japón. Y aquellos actores ganaron varios millones. Además, como suele decirse, *de los de entonces.*

*

Estarán ustedes preguntándose, con toda la razón del mundo, que si aquella gente no tenía un duro y vivía a salto de mata y andaba siempre acosada por sus acreedores, ¿por qué viajaba en lujosos automóviles, en vez de hacerlo en metro, que era entonces tan barato?

La respuesta la daban ellos mismos, cuando alguien pretendía aconsejarles moderación en los gastos suntuarios: porque el billete del metro no se puede pagar con letras de cambio.

LOS DIRECTORES

Los directores de cine, también llamados realizadores, son por lo general las grandes *vedettes* de la película. Con todo merecimiento, pues de ellos depende fundamentalmente su resultado. Por excelentes que sean los actores y el guión, si falla la realización, la película se irá al traste. De ahí que los aficionados de élite, hoy definidos con bastante cursilería como *cinéfilos,* se afilien con entusiasmo a determinados nombres: Capra, Lubitsch, Wilder, los maestros del humor; John Ford, el incomparable especialista en *westerns;* Cecil B. de Mille, fabricante de grandes espectáculos; Steven Spieldberg, genio de los efectos especiales...

Todos ellos, además de hacer magníficas películas, dieron (y dan) a ganar buen dinero a sus productores. Aunque hay también un apartado especial de genios digamos excesivos, que por el contrario pueden arruinar a las empresas que les confíen la dirección de una película. El ejemplo más definitivo es el de Erich von Stroheim; también, aunque menos, Orson Welles.

Y como siempre, no faltan los infatuados, aquellos que después de un éxito, se creen dioses y como tales, exigen adoración y servidumbre. Uno de ellos, me callaré el nombre, aunque no la nacionalidad, era argentino, vino a España a dirigir una película, avalado por el relativo acierto artístico y el buen resultado comercial que habían tenido las últimas que había realizado en su país.

Sucedió en 1949. Las restricciones eléctricas obligaban a trabajar de noche, ya que de día no había luz en los estudios. Alrededor de las dos de la madrugada iba a rodarse una escena, que representaba el almuerzo de los protagonistas en un restaurante de lujo. El plano recogía la pasada de un camarero, que llevando en alto una bandeja con un pollo asado se acercaba a la mesa para servirlo.

Todo listo, se dieron las rituales voces de «¡Motor!, ¡cámara!, ¡acción!», inesperadamente interrumpidas por el director, que ordenó enérgicamente «¡corten!». Y se dirigió al jefe de producción visiblemente enojado.

—¿Cómo es posible que haya pretendido usted que rodemos el plano con ese falso pollo que el camarero lleva en la bandeja?

Pues el pollo no era de verdad, sino de cartón; lo que se llama «de atrezzo».

—Usted disculpe; pero como se trata sólo de una pasada...

—Yo soy un director importante, ¿o es que no se ha enterado? —el argentino aumentaba su cólera por momentos—. El público me exige de acuerdo con mi categoría. Y el público no es tonto; se daría cuenta en seguida de que ese pollo no es un pollo auténtico.

Así que ordenó:

—¡Que me traigan un pollo asado de verdad!

Suspensión del rodaje, con la natural desesperación del productor. A las dos y pico de la madrugada había que encontrar un pollo asado en Madrid. El restaurante de los estudios, como todos los establecimientos del ramo, ya estaba cerrado; de modo que el ayudante de producción se echó a la calle, la de Arturo Soria exactamente, ya que los hechos ocurrían en los antiguos estudios CEA, en busca del animalito, debidamente cocinado. Con la sabiduría habitual en estos profesionales, recordó que a aquellas horas estaban en plena actividad los *colmaos* flamencos que entonces funcionaban en la carretera de Barcelona. Y en efecto, allí lo encontró; por si acaso, compró dos. Dos pollos gordos, bien asados, aceitosos, que estaban diciendo ¡comedme!

Se reanudó el rodaje, eran ya cerca de las cuatro. Otra vez las voces de rigor, ¡Motor!, ¡cámara!, ¡acción! Entonces, el ambientador de la película se acerca al picajoso director y le dice algo al oído. Y de nuevo la voz imperiosa del argentino:

—¡Corten...!

El ambientador acababa de recordarle que en los restaurantes elegantes, nunca se sirven las bandejas descubiertas. Van cerradas con una tapa del mismo metal que aquéllas y al llegar a la mesa, el camarero, solemnemente, la levanta, para mostrar su contenido a los comensales. El director, sin que se le alterara un músculo, ordenó que se cubriera la bandeja. Y con ella cubierta, pasó el camarero frente a la cámara; así que el dichoso pollo no apareció para nada en la pantalla.

*

El director de la película era, al propio tiempo, novio de la actriz protagonista. Novio formal, conste. La protagonista, guapa, muy joven, interpretaba por vez primera un papel importante. Se rodaba una escena de amor; tras breve diálogo, la cámara debía acercarse a la pareja de dama y galán para tomar en plano medio su beso apasionado.

Llegado el momento y ante el estupor del director y de todos los presentes, la chica se separó bruscamente del galán. Se paró el rodaje, naturalmente.

—Pero ¿qué pasa? —inquirió el ayudante de dirección.

—Que yo no beso en la boca más que a mi novio —explicó la actriz, con insólita energía...

Intentaron convencerla de que los besos, en el cine, son siempre mentira. El galán que tenía que dárselo le aseguraba que sólo juntarían los labios, ya que al unir las caras, la cámara, como siempre ocurre en estos planos, tomaría simplemente su cogote. Además, aclaraba el actor, que los besos cinematográficos no le producían la menor sensación; suponían un acto meramente profesional, despojado de todo erotismo. Pero la actriz insistía con redoblada terquedad:

—Pues, a pesar de eso, yo sólo beso en la boca a mi novio.

Estupor. Confusión. Se suspende el rodaje, se apagan las luces, la *script* acompaña a la empecinada muchacha a su camerino, para intentar convencerla. El productor, hecho un basilisco, increpa al director, recordándole los miles de duros que le cuesta cada retraso. Y el atribulado director, más desconcertado que nadie, tiene que reconocer:

—Como director de la película, la actitud de la protagonista me parece intolerable, además de ridícula —dulcificó la voz—. Pero como novio suyo que soy, me llena de orgullo...

*

Manuel Mur Oti ha realizado algunas de las películas más importantes del cine español. Gallego, dotado de una cultura y una sensibilidad tan grandes como su sentido del humor, se hacía llamar *el Genio*. Alguna razón tenía; aunque ciertas genialidades suyas les salieran caras a los productores. Por ejemplo, cuando realizando *Cielo negro*, para rodar la extraordinaria secuencia de Susana Canales corriendo por el viaducto hacia San Francisco el Grande, bajo una fuerte lluvia, exigió que el agua de las mangueras que la simulaban se mezclase con leche condensada, para que resultara más densa y fotografiara mejor.

En otra ocasión, estaba dirigiendo en exteriores cuando comenzó a llover, aquella vez de verdad. Una lluvia fina, un calabobos. Se lamentó uno de los actores:

—¡Qué lata esto de que ahora se ponga a llover!

Y Mur Oti, con toda seriedad:

—No es lluvia. Es que a Dios se le cae la baba al ver cómo dirijo.

*

La película *Amaya* se anunció como una extraordinaria superproducción. La más costosa realizada en España. Estaba basada en la novela de Navarro Villoslada *Amaya o los vascos en el siglo VIII*, y la dirigía Luis Marquina. Pero como solía ocurrir con cierta frecuencia en aquellos tiempos, años cincuenta, la productora se quedó pronto sin dinero y tuvo que interrumpir el rodaje. Varios meses duró la suspensión, de forma que cuando por fin apareció un nuevo capitalista y pudo reanudarse el trabajo, uno de los protagonistas, José Bódalo, se había marchado a América, en la compañía teatral de su madre, Eugenia Zuffoli.

No hubo problema. Manuel Dicenta sustituyó a Bódalo y, naturalmente, se aprovecharon todas las escenas que éste había interpretado durante la primera parte del accidentado rodaje. Marquina lo explicaba con gran naturalidad:

—Como todos llevan barba y los pelos muy largos, nadie se dará cuenta del cambiazo.

*

El 18 de julio de 1936 se estaban rodando en Córdoba los exteriores de *El genio alegre*, adaptación de la comedia de los hermanos Álvarez Quintero, cuya protagonista era Rosita Díaz Gimeno. Ni que decir tiene que la guerra civil interrumpió el rodaje de la película, que producía Cifesa. Al finalizar la contienda, se terminaron de rodar varias escenas de las que habían quedado pendientes, tres años atrás.

Mas hete aquí que Rosita Díaz Gimeno, compañera sentimental (como ahora se dice) del doctor Negrín, último presidente del gobierno republicano, estaba exiliada con él en México. Tampoco pasó nada. Se buscó una actriz de su misma talla y tipo parecido, Carmen de Lucio, se la peinó igual y todos los planos que quedaban por realizar se hicieron tomándola de espaldas o de cogote.

Y cuando se estrenó *El genio alegre*, en cuyos títulos de crédito se había suprimido el nombre de Rosita, nadie se enteró.

PLANOS CORTOS

Juan de Orduña, el director de éxitos tan grandes como *Locura de amor* y *El último cuplé*, usaba peluquín. O si lo prefieren, bisoñé, como también se le llama al postizo capilar. Lo llevaba desde siempre: desde sus años juveniles, cuando era galán cinematográfico muy celebrado por las muchachas de la época.

Nadie osaba hacerle la menor referencia a su pelo artificial. Pero una tarde, Manolo Morán, que era madrileño castizo, y por tanto muy guasón, le gastó una broma cruel. Se hizo el encontradizo con él en uno de los estrechos pasillos de los estudios CEA y al cruzarse, arrojó al suelo una peluca que previsoramente llevaba en la mano, al tiempo que le decía:

—¡Juanito, el bisoñé!

Orduña dio un grito de terror, llevándose de inmediato las manos a la cabeza. Comprobó así que todo había sido una burla de su amigo, el magnífico actor. Quien por cierto, sería casualidad, desde entonces nunca más trabajó en sus películas.

*

Otro que durante años disimuló su precoz calva con peluquín fue Paco Rabal. Hasta que un día, rodando en Italia, decidió prescindir del incómodo sustitutivo pilífero. Que le causaba muchos problemas, según él mismo ha narrado en su libro de memorias, ya que precisaba viajar siempre con una persona que le ayudase cada mañana en la complicada tarea de colocarle el añadido. Y en más de una ocasión, metido en actividad erótica (no olvidemos que fue un auténtico seductor), el entusiasmo de la pareja, en pleno trance orgásmico, le inducía a agarrarle de sus presuntos cabellos, para quedarse con la peluca en la mano.

La biografía de Rabal, enorme actor, grandísima persona, resulta apasionante. A los diecinueve años trabajaba como electricista en los estudios Sevilla Films y un día Fernando Rey, que estaba rodando *La pródiga*, le pidió que ocupase un momento su sitio en el plató, mientras ensayaban las luces, ya que tenía que hacer una llamada telefónica. Al verle Rafael Gil, que era director, le comentó a su ayudante:

—Ese chico tiene cara de cateto. Le vamos a dar un papel en el próximo decorado.

En efecto, hizo un papelito en una escena en la que intervenían Rafael Durán y Fernando Rey. Y lo hizo tan bien, que Gil le prometió contar de nuevo con él en su siguiente película. Cumplió su palabra. Nació así entre ambos una sincera amistad; y en adelante muchas veces coincidirían en el trabajo. Aunque ya por entonces Rabal era destacado protagonista en los grandes éxitos de Rafael, que siempre le tuvo como uno de sus actores predilectos. Y eso a pesar de que Paco era comunista, lo que nunca ocultó, y Gil, franquista también declarado. Pero jamás las diferencias ideológicas enturbiaron su afecto personal ni influyeron para nada en sus relaciones laborales. Como debe ser.

Cuenta Rabal que estaba trabajando en Barcelona cuando recibió un telegrama de la productora que preparaba el rodaje de la película de Gil, *La guerra de Dios*, y que decía: «Desde el miércoles, ruego lote aceite.» No entendió nada; de modo que llamó por teléfono para que le aclararan el enigma. Resultó que lo que debió haber dicho el telegrama era: «Desde el miércoles, ruego no te afeites.» Ya que iba a interpretar un papel de minero...

Aquellos telegramas verdes, alargados y mal pegados, solían incurrir en errores como éste.

*

Fernando Rey hizo un viaje a Calanda acompañando a Luis Buñuel, nacido allí. El director aragonés era también muy bromista, así que concertó con los chicos de un colegio que fueran todos a pedirle autógrafos a él, haciendo como que desconocían por entero a Fernando.

Tras unos minutos de desconcierto y también de enfado (ningún artista que se precie deja de ser vanidoso), el actor cayó en la cuenta de que todo estaba preparado. Y se rió mucho.

*

Luis Buñuel ostenta una marca, o sea, un récord ciertamente curioso. Es el único director de cine a quien dos distintos regímenes españoles le han vetado otras tantas películas. En 1933, siendo presidente del gobierno de la República don Manuel Azaña, su censura prohibió *Tierra sin pan (Las Hurdes)*. En 1961, la censura franquista prohibió *Viridiana*.

*

El colosal Tip intervenía en un filme en el cual, en determinada escena, se enfrentaba en duelo a otro actor. Llegado el momento, tuvo que reconocer sus escasos conocimientos de esgrima. Muy extrañado, interrogó el director:

—Pero ¿usted no se ha batido alguna vez?

—Mire, señor, yo nunca he sido huevo.

*

En *La fe*, adaptación de la novela de Palacio Valdés, Rafael Durán hacía el papel de un sacerdote al que Amparo Rivelles, feligresa descarriada, procaz y cachonda, intentaba seducir para llevárselo a la cama.

Muy profesional, Durán se internó durante unos días en un seminario con objeto de habituarse con las formas, modos y costumbres de los clérigos. Y comentaba Amparito:

—Pues yo tendría que haberme instruido en una casa de putas...

*

Y es que la Rivelles es una de las actrices españolas con más sentido del humor. Heredado de su madre, la eminente María Fernanda Ladrón de Guevara, cuyas anécdotas en el mundo del teatro son infinitas. Valga ésta.

Recibió la visita de un joven autor, empeñado en que leyese una comedia que había escrito especialmente para ella. María Fernanda le disuadió:

—Lo siento mucho, pero no puedo arriesgarme con la obra de un novel.

—Le advierto, señora —dijo muy digno el joven—, que a mí me ha estrenado Rivelles.

—¡Anda, y a mí! Pero me dio muy pocas representaciones...

Rafael Rivelles había sido su primer marido.

*

Era director general de Cinematografía García Escudero, y España estuvo representada en el Festival de Venecia por la excelente película de Rovira Beleta *Los tarantos*. Según contó el estupendo Alfonso Sánchez, durante la rueda de prensa posterior a la proyección, un periodista preguntó a su protagonista, Sara Lezana:

—¿Conoce a García Lorca?

—¡Ya lo creo! Es el director general de Cine...

*

Siendo muy joven, Mary Santpere acudió a la llamada de un director, que quería conocerla personalmente por si encajaba en un papel de la película que iba a realizar. Mary se pasó media mañana en la peluquería, se maquilló concienzudamente y estrenó vestido.

Y se quedó hecha polvo cuando el director al verla le dijo:

—Lo siento, pero no me sirve. Es usted demasiado guapa y demasiado elegante para ese papel.

*

Cuando las películas no se ruedan con sonido directo, algunos actores omiten memorizar sus diálogos, dejándolo para cuando llegue la hora de doblar. De todos modos, para facilitar las tomas, se suele colocar un traspunte en el plató cerca de los intérpretes, apuntándoles lo que tienen que decir.

Juan Espantaleón era conocido por su mala memoria. Estaba rodando una escena, cuando se le fue por completo *la letra*, como se dice en el oficio. Miró hacia el traspunte, buscando su ayuda, pero el hombre estaba escribiendo algo en un papel de carta, ajeno a su obligación.

Muy enojado, Espantaleón le gritó:

—¡Póngale recuerdos a su padre...!

*

Ava Gardner llegó a España por primera vez a comienzos de los años cincuenta para rodar aquí *Pandora*, teniendo como coprotagonista a Mario Cabré, el simpático torero/actor/poeta/presentador televisivo, con quien mantuvo un romance que en su momento constituyó todo un acontecimiento nacional, ya que entonces todavía se desconocía la prodigalidad de la actriz en materia erótica.

También se llevó al lecho a Luis Miguel Dominguín, a la sazón en la cumbre de su fama. Como él mismo recordó en sus memorias, apenas terminado el apasionado coito, Luis Miguel se levantó precipitadamente de la cama y comenzó a vestirse. Extrañada, Ava le preguntó:

—¿Adónde vas tan de prisa?

—¡Tú dirás! ¡A contárselo a los amigos!

También Fernán-Gómez evoca en su libro otra deliciosa anécdota. Coincidió con la bellísima estrella y un grupo de amigos en casa de la Flores, adonde fueron, ya de madrugada, después de haber estado en un flamenco. Fernando, que naturalmente admiraba la hermosura increíble de aquella mujer, venció su natural timidez, se acercó a ella, se la quedó mirando. Ava le habló despacio, en su melodioso inglés. Pero será mejor que reproduzca literalmente el testimonio de Fernán-Gómez:

«Ante mi silencio, preguntó si entendía aquel idioma. Con profundo rencor hacia mí mismo, le respondí que no. Hizo Ava una seña y se acercó a nosotros su amigo, el de aspecto americano, a servir de intérprete. Ava volvió a mirarme y repitió la frase. El amigo tradujo:

»—Dice Ava que si tiene usted ganas de joder ahí tiene a mi mujer, que está siempre dispuesta.»

*

Otra de Tip. Telefonea a su amigo Antonio Ozores para decirle:

—Me he tomado dos cervezas y un gin-tonic; haz el favor, llámame por teléfono porque no sé si estoy en Valencia o en Madrid.

—Vale, ahora mismo te llamo —le contestó Ozores—. Así, de paso, me darás tu número de teléfono porque tengo que contarte algo muy interesante.

*

El galán portugués Virgilio Teixeira gozó de mucha popularidad en España, donde intervino como intérprete destacado en más de treinta películas. Aunque era un actor solamente discreto, daba muy simpático en la pantalla y, sobre todo, tenía una magnífica fotogenia.

Regresaba de un viaje, al volante de su coche, cuando tuvo la desgracia de atropellar a una mujer a la entrada de Madrid. La Guardia Civil levantó el correspondiente atestado y el galán fue llevado a la comisaría, donde le tomaron los datos pertinentes y tuvo que hacerse las tres fotografías de rigor, de frente y de ambos perfiles. Acababa de salir del estudio, cuando apareció el retratista en el despacho del comisario.

—¡A ver, el moreno ese! Que venga otra vez a fotografiarse, que el tío no tiene idea de posar y ha salido movido.

*

La estrella, famosísima estrella española, se casaba en el extranjero donde entonces residía. Y su madre, naturalmente, acudió a su boda, para lo cual tuvo que vencer el pánico infinito que le causaba viajar en avión, lo que no había hecho nunca. Pero ya se sabe: madre no hay más que una. Así que llegó a Barajas, se tomó varias pastillas sedantes y con especial empeño, pidió al chequear el billete que le dieran asiento junto a la ventanilla.

Medio adormilada, subió al Douglas junto con una hermana que la acompañaba y que tenía todavía más miedo que ella: también era debutante en vuelos. Se sentaron, abrocharon sus cinturones, se persignaron varias veces y apenas había comenzado el avión a despegar, la mamá de la estrella llamó imperiosamente a la azafata.

—¿Desea algo la señora?

—Claro que deseo. Que me baje la ventanilla para que me dé el aire, porque si no voy a marearme en seguida.

Doy fe de la autenticidad de la anécdota: yo viajaba en el asiento de atrás. Porque también iba a la boda.

*

Asimismo en Hollywood suceden cosas curiosas: cuando Barbara Stanwyck se separó de Robert Taylor, con quien estuvo casada muchos años, subastó los muebles del que había sido hogar conyugal. La pieza mejor adjudicada fue la cama de matrimonio, por la que se pagaron trescientos sesenta dólares.

*

A finales de los años veinte, en el cine mudo español destacaban dos galanes, Manolo San Germán y José María Alonso Pesquera. Ambos contaban con sus fieles y devotas entusiastas, que entonces no se llamaban *fans*. Luis Ventura, productor de *Agustina de Aragón* (en su primera versión, claro) tuvo una luminosa idea: contratar a los dos actores, para que hiciesen el mismo papel.

O sea que de cada plano en que intervenía su personaje, se rodaban dos tomas, una con Manolo, otra con José María. Y al estrenarse la película, se anunciaba interpretada por uno de ellos en la sesión de tarde y por el otro, en la de noche. O viceversa. Con lo cual, las admiradoras respectivas podían reñir a propósito de quién lo hacía mejor. Como en los toros, vaya.

*

Imperio Argentina, en *Goyescas*, interpretaba dos papeles muy distintos: el de la condesa de Gualda y el de Petrilla, la tonadillera. Es decir, una aristócrata y una mujer del pueblo, que, naturalmente, se disputaban el amor del mismo hombre.

En un alarde de perfección y por primera (y creo que única) vez en el cine, los diálogos de ambos personajes fueron escritos por dos autores distintos: Luis de Vargas, sin duda conocedor de los ambientes de la alta sociedad, hizo los de la condesa; Antonio Quintero, especialista en temas andaluces, los de la tonadillera.

*

Cuando Jorge Negrete llegó a España por primera vez, millares de admiradoras le esperaban en la madrileña estación del Norte. Al bajar del tren, fue materialmente sepultado entre ellas, que le abrazaron, le besaron, le zarandearon y cuando menos, alcanzaron la dicha inmensa de tocarle. También le arrancaron todos los botones del traje.

En días siguientes, los botones de Negrete se vendían en Madrid como reliquias. Los más caros eran los de la bragueta.

*

Junto a Negrete precisamente, interpretó Carmen Sevilla su primer papel como protagonista, en la coproducción hispano-mexicana *Jalisco canta en Sevilla*. Y es curioso; su debut tuvo lugar precisamente el día de su santo, 16 de julio.

No digo de qué año; conste, eso sí, que Carmen tenía apenas diecisiete.

*

Lola Flores fue en su juventud tan apasionada en el amor como en el cante. Uno de sus romances más intensos lo mantuvo con el futbolista del Barcelona Gustavo Biosca. Cuando el muchacho le comunicó que, sintiéndolo mucho, tenían que terminar su relación porque había decidido enderezar su vida, Lola (que se enamoraba profundamente de sus hombres, aunque el arrebato le duraba poco) le rogó que, al menos, tuviesen un último encuentro de despedida. Encuentro en la cama, se entiende.

Se reunieron, pues, donde solían amarse y marchó la Flores al cuarto de baño. Para regresar a poco, completamente desnuda y con un lazo negro prendido del vello de su pubis. En señal de duelo por la muerte de aquel amor.

Lo contó la propia Lola, cuando ofreció con pelos (nunca mejor dicho) y señales su biografía en Televisión Española.

AMORES Y AMORÍOS

Los aficionados, el público, la gente de la calle, alejada del mundo de la pantalla, piensa muchas veces que el oficio de artista de cine es una bicoca. Que se pasan la vida de fiesta en fiesta, de juerga en juerga, de viaje en viaje y que, tanto ellas como ellos, no dan abasto para cumplir citas eróticas.

Bueno, pues no. La profesión de actriz/actor es una de las más exigentes y sacrificadas. Claro que quienes llegan a lo más alto, ganan dinero (menos que los futbolistas, ojo) y sobre todo, gozan del halago de las gentes. Porque la fama es uno de los alicientes del oficio, aunque termine por resultar agobiante. Estar de continuo como en un escaparate; tener que sonreír siempre en público, aunque no apetezca; aguantar el acoso de los fotógrafos y los periodistas termina por hastiar. Pero constituye la gozosa servidumbre de la popularidad y el éxito.

Hasta llegar a esa pequeña parcela de la gloria, el artista de cine ha padecido unos comienzos generalmente duros y difíciles, pues destacar entre tantos consagrados no resulta sencillo. Ha estudiado arte interpretativo y declamación y también idiomas, porque cada vez se hacen más películas con extranjeros. Tuvo que estar pendiente de su físico, cuidarlo, mejorarlo, atenderlo solícitamente. Ya situado, debe estudiar los papeles hasta *meterse* de lleno en los personajes. Quizás necesite aprender equitación. O esgrima. O bailar el minué. Todo lo cual supone horas y horas de aplicación. Sabe que le conviene leer mucho, estar al tanto de las novedades literarias y procura hacerlo. Y como tiene que relacionarse con personajes de categoría, con políticos en candelero, con intelectuales de fuste, también necesita algunas lecciones sobre cómo actuar en sociedad.

El artista cinematográfico nada tiene que ver con el clásico cómico de la legua, con aquellos fabulosos actores, a veces de pocas letras pero asombrosa intuición, que vivían en la bohemia, que sólo iban del teatro al café y del café al teatro, y que cifraban toda su ambición en recibir cerrada ovación en un mutis. Gentes de la farándula, les decían y tiempo hubo en que no podían ser enterrados en sagrado.

No, no; nada de eso. Como todos, este oficio requiere ahora, antes que nada, lo que se llama profesionalidad. Capacidad de trabajo. Resistencia física: para alternar en el mismo día, como hacen muchos, el rodaje de una película y la función en el teatro. O una y otra, con la actuación en una serie televisiva. Y por supuesto, vocación. Y vanidad; sí, vanidad. La vanidad de ser el mejor, de encabezar por eso los repartos, de gustar más que ninguno.

¡Bendita vanidad la de los artistas! Hace ya

muchos años, mantuve en una conferencia que pronuncié en la Real Academia de Jurisprudencia, que en todo contrato artístico subyace el reconocimiento al *jus vanitatis*. Y lamentaba que esa misma ambición profesional, ese querer ser perfectos en su trabajo, no lo tengan también en este país los fontaneros o los mecánicos o los ebanistas o tantos otros empleados, funcionarios, directivos, obreros, administrativos, currantes en general, que suelen trabajar con desgana, sin ningún afán de perfección, y por tanto, mal.

*

Vuelvo al principio. Muy extendida está la leyenda de la incansable actividad amatoria de los/las artistas de cine. También sobre el tema conviene precisar. Hay, por supuesto, en el mundo del cine quienes saltan de lecho en lecho con frecuencia; pero semejante promiscuidad se practica ahora en todos los estratos sociales. Y en el cine, como en esos mismos estratos, también se encuentran matrimonios que cumplen felizmente sus bodas de plata, y familias que en nada desmerecen de las más clásicas y burguesas.

La leyenda de la joven aspirante a estrella que para cumplir sus sueños necesita acostarse con el productor es ya nada más que un tópico desacreditado. Cierto que muchas debutantes y bastantes consagradas tienen sus líos eróticos con el empresario; pero porque les apetece. O les da igual. Hubo tiempos en que ciertos caballeros metían su dinero en las películas para conseguir los favores de alguna bella actriz; tan mala costumbre se ha acabado. Entre otras razones porque, con lo que hoy cuesta un filme, sale mucho más barato seducir regalando joyas. O apartamentos en la costa.

*

Pero vayamos con los seductores oficiales. Si nos atenemos a sus propias confesiones, recogidas por escrito y en libro, nadie hizo tanto el amor, ni disfrutó con tantas estrellas famosas como el venezolano Espartaco Santoni, fallecido hace pocos meses. Relaciono a continuación la lista de sus cohabitaciones declaradas, advirtiendo que me limito a recoger los nombres más conocidos; porque según dejó dicho el interesado, en su currículum fornicador figuraron bastantes más mujeres.

Tomen asiento, abróchense los cinturones y vayan pasando lista: Elke Sommer; Caroll Baker; Maruja Díaz; Blanca Estrada; Diana Dors; Jayne Mansfield; Teresa Velázquez; Rosana Yanni; Lorena Velázquez; Marisa Mell; Nadiuska; Graciela Borges; Conchita Bautista; Pilar Velázquez; María Asquerino; Analía Gadé; Bárbara Rey; Massiel; Naima Cherky; Ewa Aulin; Aurora de Alba; Susana Estrada; Carmen Cervera.

¡Qué tío! Porque a las citadas, como ya les advertí, hay que añadir varias docenas de mujeres de diversa condición, damas de la burguesía, azafatas, amas de casa, camareras, aristócratas, bailarinas, secretarias y hasta piculinas de categoría. Como habrán podido comprobar, tampoco faltan unas hermanas, sin duda porque Espartaco encendía fraternos afanes de competitividad erótica. Y como estrella máxima del catálogo, Carmen Cervera, *Tita* para los amigos, con la que estuvo casado (con ella y con otras seis). No será necesario que les aclare que se trata de la actual baronesa Thyssen.

En su inefable libro de memorias, subtitulado *El arte de la seducción*, Santoni reveló curiosos detalles acerca de sus conquistas, las reacciones distintas de las seducidas en el tálamo y las especialidades eróticas de todas ellas. A destacar su versión del primer ayuntamiento carnal con Analía Gadé, que se consumó, según cuenta, en el ascensor de su casa. Muy rápida tuvo que ser la cosa; si al menos hubiesen elegido el ascensor del rascacielos Rockefeller, en Nueva York...

Aparte de su capacidad amatoria, lo que sorprendía de Espartaco era su memoria. ¿Cómo fue capaz de acordarse de tantas mujeres, de tantas peripecias y de tantos coitos? Imagino que llevaría un dietario sexual. Y que tendría procesados los datos en el ordenador. En fin, descanse en paz.

*

En sus años mozos fue un conquistador impenitente; con más moderación, siguió ejerciendo en la madurez. Ahora lleva ya años jubilado en la materia. Pero Paco Rabal tuvo siempre muy claro que la aventuras eran sólo eso, pasatiempos y que el amor verdadero lo tenía en casa. Así que nunca dejó de volver a ella, donde María Asunción Balaguer, generosa, paciente, sacrificada, le abría una y otra vez los brazos. Por fin se ha recogido definitivamente en ellos.

Ha contado asimismo sus peripecias eróticas en unas memorias, mucho más contenidas y discretas que las del infatigable Santoni. También revela bastantes nombres; por cierto que algunos coinciden con los de Espartaco. De forma que cabe pensar si con mujeres tan dadivosas y con un criterio selectivo verdaderamente amplio, no serían en realidad seducidos los presuntos seductores.

*

He tomado como ejemplo de seductores a dos actores que en sus buenos tiempos tuvieron indudable atractivo físico. Pero no sólo los guapos conquistan; ahí tienen a José Sacristán, inteligente, magnífico artista, persona cordial y educada, pero que (pienso yo, con perdón) no es precisamente lo que se dice un hombre guapo.

Pues se casó dos veces y ha mantenido romances, según propia confesión, con Mónica Randall, Mila Ximénez de Cisneros, Laura del Sol, y Leonor Benedetto.

*

Este apartado que someramente dedico a amores y amoríos, romances y peripecias sexuales entre las gentes del cine, no puede reducirse a las aventuras galantes de los hombres. Eso supondría un evidente machismo: como si las mujeres del gremio, algunas, ya se entiende, no pudiesen presentar también su palmarés. Como si la iniciativa en materia de ayuntamientos carnales correspondiera sólo a los varones. Como si las actrices no tuvieran su corazoncito y otros órganos no menos sensibles.

María Asquerino, excepcional artista, bella mujer, ha escrito sus *Memorias*, lo mismo que sus colegas de contrario sexo ya citados. Igual que ellos, no vacila en revelar amores, flirteos y emparejamientos más o menos duraderos. Tampoco le tiembla el pulso al escribir los nombres de los afortunados que gozaron de sus considerables encantos.

En el libro, María se pregunta, ¿por qué tantos hombres? Y no sabe explicárselo; aunque quizás sea —dice— por su inestabilidad, incluso por cierta frigidez. Confiesa que, salvo con tres o cuatro, los verdaderos hombres de su vida, nunca ha gozado plenamente haciendo el amor. Paco Umbral, que le escribió el prólogo de las *Memorias*, la define, muy literariamente (obvio) como «una naïf del pecado y de la noche». Y entiende que el encanto del libro es «que nos pasea por lo atroz con una sonrisa de inocencia».

El currículum sentimental de María comienza, claro está, cuando era muy joven; cuando todavía la llamábamos Maruja. Se casó a los diecisiete años y el marido, también actor, le salió mal: estúpido, violento, insoportable. Así que se separaron (hoy están legalmente divorciados). Y a poco surgió el primer romance, que sería duradero, varios años, con un señor catalán al que llama Rocabruna.

Después vendría Ricardo Ferrante, un joven coreógrafo, que también le duró bastante. Ya más o menos fugaces, Jorge Mistral, Rubén Rojo, Paco Rabal, Carlos Larrañaga, Pepe Tous (que murió hace pocos años, cuando estaba casado con Sara Montiel), el escultor Xavier Corberó, Agustín González. Su romance con este actor fue tumultuoso. Llevaba él mucho tiempo unido a María Luisa Ponte, actriz estupenda y de fuerte genio, que una noche, enterada de que le estaba siendo infiel con María, se presentó en Oliver, el bar donde solía reunirse la gente del espectáculo y le armó una bronca fenomenal. Al cabo del tiempo, las aguas volvieron a su cauce, terminó el idilio y María Luisa hizo las paces con su pasajera rival. Civilización.

*

Junto a estos apasionados del ligue, he elegido cuatro ejemplos significativos, sin tener que descubrir nada que los interesados no hayan contado por escrito, conviven en el mundo del celuloide parejas estables, que llevan años juntas y en creciente felicidad. Entre otras muchas, Ana Belén y Víctor Manuel; Concha Velasco y Paco Marsó; Julia Gutiérrez Caba y Manolo Collado; Licia Calderón y Jesús Puente; Carmen Sevilla y Vicente Patuel; Norma Duval y Marco; Mari Carrillo y Diego Hurtado; Rocío Durcal y Júnior; Juanita Reina y Caracolillo; Carlos Muñoz y Marta Santaolalla; Laura Valenzuela y José Luis Dibildos.

Casados con personas ajenas al cine y bastantes de ellos, con las bodas de plata cumplidas, cabe citar a Juanjo Menéndez, Conrado San Martín, Alfredo Landa, Luis Prendes, Manolo Zarzo, Tip,

Paquita Rico, Manolo Escobar, Toni Leblanc. Así que, echando cuentas, el vínculo matrimonial en el mundo de la pantalla no difiere en sus porcentajes del que hoy es habitual entre las gentes, vamos a decir, normales. (Con perdón.)

*

Más todavía: la familia es una institución históricamente muy unida a la profesión artística. Lo mismo que en el teatro hubo sagas famosas, en el cine existieron y siguen existiendo apellidos que se repiten en varias generaciones. Ahora mismo trabajan de continuo los Gutiérrez Caba, los Ozores, los Larrañaga, las Penella, o los Zarzo; como antes coincidieron en la vocación los Calvo, los Díaz de Mendoza, los Merlo, los Soler-Leal, los Peña, los Caba Alba.

A propósito de los Peña, Luis y Pastora. Aquél, galán celebrado, casado con Luchy Soto, hija de la estupenda Guadalupe Muñoz Sampedro. Y Pastora, actriz también muy destacada en el teatro y en el cine. Ambos eran hijos de otro actor, Luis Peña Sánchez. Pero a lo que iba, que es anécdota curiosa.

En la película *Porque te vi llorar*, Luis y Pastora Peña, como queda dicho, hermanos en la vida real, interpretaron los papeles de novios; de novios muy enamorados, que tras diversas vicisitudes (la acción transcurría durante la guerra civil) terminaban casándose. Lo que escandalizó grandemente a los quisquillosos, a los mojigatos, que incluso llegaron a denunciar que aquello suponía nada menos que un incesto. Aunque fuese en la ficción del celuloide. Por supuesto, nadie les hizo caso.

Las hermanas Penella coincidieron sólo una vez en una misma película: *La cuarta ventana*, de Julio Coll. Muchos no se enteraron; a lo mejor, tan sólo Terenci Moix, que por algo es una enciclopedia cinematográfica. Porque las tres actrices son conocidas por sus seudónimos, tan distintos: Emma Penella, Elisa Montés, Terele Pávez. Son nietas del maestro Penella, el autor, entre otras zarzuelas, de *El gato montés*: de ahí el nombre artístico de Elisa. Su apellido, de verdad, es Ruiz. Ruiz Penella.

*

Esto de los seudónimos confunde bastante. Cuando Nati Mistral y Jorge Mistral interpretaron *Currito de la Cruz* (versión de Luis Lucía), también se enamoraban el uno de la otra y hasta terminaban teniendo un hijo. Para acallar una nueva protesta de los quisquillosos y los mojigatos, hubo que aclararles que se trataba de pura coincidencia en los seudónimos; que no tenían relación familiar alguna entre ellos.

Vamos a repasar, pues, los verdaderos nombres de nuestros artistas, para que salgan ustedes de dudas.

Nati Mistral: Natividad Macho.
Jorge Mistral: Modesto Llosas.
Ana Belén: María Pilar Cuesta.
Sara Montiel: María Antonia Abad.
Carmen Sevilla: Carmen García Galisteo.

Rocío Durcal: María Ángeles de las Heras.
Imperio Argentina: Magdalena Nile del Río.
Mónica Randall: Aurora Juliá.
Laura Valenzuela: Rocío Espinosa.
Maruchi Fresno: María Lourdes Gómez-Pamo.
Sonia Bruno: Antonia Oyamburu.
Licia Calderón: Alicia Palacios.
Florinda Chico: Florinda Martín Mora.
Alfonso del Real: Alfonso Suárez del Real.
Manolo Escobar: Manuel García Escobar.
Fernando Fernán-Gómez: Fernando Fernández Gómez.
Antonio Gades: Antonio Estévez.
Analía Gadé: María Esther Gorostiza.
Marisol: Josefa Flores.
Josita Hernán: Josefina Hernández Meléndez.
Joselito: José Jiménez.
Karina: María Isabel Laude Santiago.
Mabel Karr: María Isabel Campolongo.
La Chunga: Micaela Flores Amaya.
La Polaca: Josefina Cotillo.
Vicky Lagos: Victoria Goyanes Muñoz.
Toni Leblanc: Ignacio Fernández.
María Mahor: María Martínez Horcajada.
Massiel: María Ángeles Santamaría.
Peret: Pedro Bofill Calaf.
Tip: Luis Sánchez Polack.
María Dolores Pradera: María Dolores Fernández Pradera.
Raphael: Rafael Martos.
Lolita Sevilla: Ángeles Moreno.
Manolo Zarzo: Manuel López Zarzo.

Pero no se les ocurra nunca llamarlos por sus nombres de pila. Están tan acostumbrados a los artísticos, que a lo mejor ni se daban por aludidos. Aunque a la hora de firmar cheques tengan que usarlos…

CUANDO EL CINE EMPEZÓ A HABLAR

Hagamos otra vez un poquito de historia. En el último tercio de los años veinte, el cine había alcanzado ya niveles excepcionales de calidad. Aquel espectáculo de magia, atracción de barraca de feria, experimento de física recreativa, como fue considerado en sus comienzos, devino en formidable vehículo expresivo a través del cual realizadores sensibles, inteligentes, incluso geniales, ofrecieron películas de alta calidad artística.

En Hollywood, en Inglaterra, en Francia, en Italia, en Suecia, además de producir filmes destinados al consumo, como hoy diríamos, un lote de directores con talento aportaban títulos que han quedado en las antologías de la pantalla: Griffith, Ince, Lang, De Mille, Gance, Sjöström, Stiller, Murnau... Triunfaba un delicioso género cómico, prodigio de frescura, gracia e inteligencia, que aprovechaba al máximo los recursos mímicos de actores inolvidables: Max Linder, Harry Langdon, Harold Lloyd, Buster Keaton. Y desde 1913, aquel inglés de origen, Charles Spencer Chaplin, que convertiría su seudónimo, *Charlot*, en uno de los hitos de la historia del cine.

En España, mientras tanto, el cine mudo no salía de sus tópicos: toreros, zarzuelas (con la música desde el piano, claro), dramones. Lo que García Escudero define en su *Historia en cien palabras* como la andaluzada y la baturrada. Con pocas excepciones; la más importante, *La aldea maldita*, de Florián Rey, espléndido aguafuerte de un pueblo castellano anegado por las lluvias, que fuerzan el éxodo de sus vecinos. Y algún título de Buchs *(Prim)* y de Fernando Delgado *(Las de Méndez)*. A destacar que la última realización muda de este director, *Cuarenta y ocho pesetas de taxi* fue producida por un grupo financiero en el que figuraba el entonces joven abogado José María Gil-Robles, años más tarde jefe de la CEDA y padre del actual presidente del Parlamento europeo.

Pero lo habitual en la producción española silente fueron los temas taurinos, tirando a lo más trágico posible. La cogida y muerte de Joselito en Talavera de la Reina abasteció varios documentales. Años más tarde, la de Manolo Granero en la plaza de Madrid dio ocasión para un lacrimógeno mediometraje, *Gloria que mata*. Gran éxito popular alcanzó *La España trágica*, un infame folletín de pandereta, celos y moraleja final.

En cambio, lo que pudiéramos considerar noticiarios y cine documental alcanzó cotas de indudable acierto. Aunque a veces fuese por casualidad, pues cuando el 31 de mayo de 1906, el manresano Baltasar Abadal (que se dedicaba a filmar documentales) colocó su cámara frente al número 84 de la calle Mayor de Madrid, para rodar el paso de la comitiva regia, que regresaba de los Jerónimos, donde Alfonso XIII y Victoria Eugenia acababan de casarse, nadie (ni él mismo, por supuesto) podía imaginar que en aquel justo lugar, Mateo Morral iba a lanzar una bomba, con la intención de asesinar a los jóvenes monarcas.

Abadal rodó minuto a minuto la tragedia. Naturalmente, el éxito de la película fue enorme; tuvo que enviar copias a todo el mundo y el testimonio cinematográfico del atentado constituye una auténtica joya. Con razón está considerado como la primera muestra del valor documental e informativo del celuloide. Como el primer gran noticiario.

En Valencia, donde se realizaban muchas películas, y un droguero, Antonio Cuesta, se llevaba la palma como productor, otro inteligente pionero, don Ángel Pérez del Val, tuvo una idea feliz. Como corresponsal de la casa Pathé, de París, tenía abonadas unas barreras en la plaza de toros de la capital del Turia, desde las que impresionaba las mejores faenas que allí se realizaban.

Y un buen día, se le ocurrió que podía ofrecer a los empresarios de locales los carteles taurinos que prefiriesen. Pues como tenía un archivo considerable de corridas, todo consistía en montar las películas, juntando en un mismo documental faenas realizadas en tardes distintas; incluso componiendo combinaciones de toreros que nunca hubiesen actuado juntos. El invento de aquellos *carteles a la carta* fue un éxito, pues los aficionados disfrutaban viendo alternar a Joselito con Lalanda o a Granero con Antonio Márquez, lo que en realidad nunca podía suceder.

En 1927, Agustín de Figueroa, marqués de Santo Floro (efectivamente, el padre de Natalia, el suegro de Raphael), aristócrata de grandes inquietudes artísticas, escribe, produce, dirige e interpreta una película, *Sortilegio*, que gracias a sus amistades, rueda en los mejores palacios de Madrid y en la que actúan como extras conocidas personalidades de la nobleza. Porque Agustín estimaba, con toda la razón, que siempre un aristócrata interpretaría mejor su papel que un figurante, al que suele notársele la poca costumbre que tiene de vestir el frac.

Como consecuencia de esa misma tendencia a aprovecharse de personas de relieve público para que aparecieran (se supone que gratuitamente) en aquellas escenas cinematográficas que representaban reuniones de la alta clase social, Francisco Gómez Hidalgo, cuando dirigió en 1926 *La malcasada*, reunió en la mesa donde se sientan los protagonistas del filme, Pepe Nieto y María Blanquer, nada menos que al académico Natalio Rivas, al coronel jefe del Tercio Millán Astray y al también coronel de la Legión Francisco Franco Bahamonde. Sí, sí: al *anterior jefe del Estado*, como ahora suele denominarse.

Cuando en 1968 fui recibido por él, en audiencia privada, para hacerle entrega de un ejemplar de mi recién aparecido *Diccionario del cine español* (donde, naturalmente, se recoge la anécdota), al recordársela solamente comentó con una mínima sonrisa:

—Fue muy divertido.

*

En el mientras tanto, los productores de Hollywood se esforzaban por dar nuevos alicientes al cine. Y en 1927 anunciaban a bombo y platillo la primera película sonora: *El cantor de jazz*. El 6 de octubre de aquel año un público expectante se entusiasmó al escuchar a Al Johnson cantar desde la pantalla *My mamy*, con la cara pintada de negro y los labios blancos. Pese a sus limitaciones, el filme tuvo un colosal éxito comercial: en Estados Unidos recaudó tres millones y medio de dólares.

Al siguiente año, *Lights of New York* fue ya una auténtica película sonora. En 1929, el cine parlante (así le llamaban aquí) se consagró definitivamente con *Ángeles en el infierno*. Y lanzó a una joven estrella, Jean Harlow, la rubia explosiva que tan famosa sería en la siguiente década.

Los productores europeos acceden inmediatamente al innovador sistema. En el Viejo Continente se ruedan títulos tan extraordinarios como *El ángel azul*, en Alemania, consagración de las asombrosas piernas de Marlene Dietrich y en Francia, *Sous les toits de Paris*, que consolida el talento de René Clair, ya apuntado en el mudo.

Ocioso resultará decir que en España llegamos tarde al sonoro. Cuando ya era habitual en todas partes, aquí se estrena en 1930 la primera película hablada, *El misterio de la puerta del Sol*, parcialmente sonorizada nada más y con música del maestro Penella. (Ya saben, el abuelo de Emma y sus hermanas.) No obtuvo demasiado éxito. Como tampoco la siguiente, de aquel mismo año, *La canción del día*, a pesar de estar ya sonorizada totalmente, llevar música del maestro Jacinto Guerrero y haber sido montada en laboratorios de Londres.

*

Al tomar el cine sonoro carta de naturaleza, los productores norteamericanos, que nunca fueron tontos, comprendieron que se les ofrecía un ingente mercado, el de Hispanoamérica, donde trescientos millones de personas podían hacerse asiduas de sus productos, ahora hablados. Especialmente si se les ofrecían hablados en español.

Entonces decidieron llevar a cabo un experimento, teóricamente acertado: realizar dobles versiones de las películas, una de las cuales sería interpretada por actores españoles, naturalmente hablando en castellano. Téngase en cuenta que, por entonces, se desconocía la técnica del doblaje y el abrumador porcentaje de analfabetos existente en los países iberoamericanos obligaba a descartar la solución de los subtítulos.

Un maná inesperado se derramó sobre artistas y autores españoles, que de pronto se vieron masivamente contratados para trabajar en Hollywood. Allí se fueron Rafael Rivelles, María Fernanda Ladrón de Guevara, Ernesto Vilches, Conchita Montenegro, Pepe Nieto, Julio Peña, Valentín Parera, José Crespo, Juan de Landa, Manuel Arbó, Pablo Álvarez Rubio, Catalina Bárcena. Y como guionistas, López Rubio, Jardiel Poncela, Gregorio Martínez Sierra y Tono, a quienes se añadiría Edgar Neville, que desempeñaba en Los

Ángeles funciones inherentes a su carrera diplomática.

La experiencia no tuvo fortuna y terminó antes de lo previsto. Pero la expedición española se divirtió de lo lindo y además se trajo un buen dinerito, ya que a todos les pagaron íntegramente sus contratos, aunque sólo los habían cumplido en parte. María Fernanda interpretó el único título de éxito, *El proceso de Mary Dugan*. Pablo Álvarez Rubio se hizo relativamente famoso, por su versión del criado de Drácula y Manuel Arbó por su Charlie Chan. Conchita Montenegro se quedó en Hollywood, donde intervino en años siguientes en varias películas americanas; obviamente, hablaba inglés a la perfección. Aunque el actor con mejor fortuna fue Valentín Parera, que enamoró a Grace Moore, famosa y multimillonaria estrella americana y se casó con ella.

Los escritores, no habrá que decirlo, lo pasaron de rechupete. Neville hizo gran amistad con Chaplin, hasta el punto de intervenir como extra en *Luces de la ciudad*: hace una pasada por la cámara vestido de policía. De Jardiel contaba Pepe López Rubio una bonita anécdota. El magnífico autor, gran renovador del humor español, era bajo de estatura, poco más del 1,60. Acompañado por su amigo Pepe, que hablaba inglés (él, ni una palabra), fue a unos almacenes a comprarse varios trajes. En la sección de *caballeros* todos le venían grandes; así que le enviaron a la de *mocitos*. Puede pensarse, sin tener que recurrir a Freud, que de ahí le vino su evidente manía a los anglosajones y su obsesión por llamar «grandullones» a los norteamericanos en sus obras.

Tono, el magnífico Tono, colosal humorista, se compró un pequeño automóvil para circular por dentro de los estudios de rodaje, ya que eran enormes y le resultaba cansado hacerlo a pie. Su anécdota más divertida la protagonizó una tarde durante un cóctel que Chaplin ofreció a un grupo selecto de artistas, directores y ejecutivos. Uno de los invitados era el sabio Einstein. A los españoles asistentes les extrañó mucho ver que Tono y el descubridor de la teoría de la relatividad se sentaban juntos, copa en mano, y así pasaban un buen rato, charlando. Porque Tono apenas sabía inglés.

Cuando, al fin, se reunió con ellos, le preguntaron, naturalmente curiosos:

—Pero ¿de qué habéis hablado?

—Hemos llegado a la conclusión de que todo es relativo...

Salida muy de Tono (con mayúsculas, no confundir), tan pródigo en ellas. Pues su sentido del humor era infinito, espontáneo, admirable. Estaba en cierta ocasión escribiendo en su estudio y Cloti, su mujer, le advirtió:

—Has puesto vaso con be alta y se escribe con uve.

—Es que este vaso está lleno —contestó él inmediatamente.

Recordemos como homenaje final a la memoria de quien fue tan entrañable amigo, su portada en el primer número de *La Codorniz*. (En cuyas páginas, por cierto, coincidieron todos los escritores que habían pasado por Hollywood, además de Miguel Mihura, que no pudo acompañarles por estar entonces enfermo.)

Dos caballeros se saludan en la calle. Pie del dibujo:

—Le encuentro muy cambiado, don Jerónimo.

—Es que yo no soy don Jerónimo.

—Pues más a mi favor.

*

Otros profesionales del cine español también habían marchado a trabajar al extranjero, en estos mismos años. En Joinville (Francia), una jovencísima Imperio Argentina interpretó *Su noche de bodas* y en Berlín, *El profesor de mi mujer*, ambas sonoras. Porque los equipamientos de los laboratorios y los estudios españoles todavía no permitían realizar con garantías cine hablado.

La crisis, pues, era evidente. Aquellos filmes que, pese a su baja calidad, tuvieron éxito comercial, habían dejado de interesar. Sólo los aventureros eran capaces de lanzarse a producir, siempre y cuando encontrasen algún ingenuo con dinero que se atreviese a invertirlo en el cine. A estos aventureros se les llamó en el gremio *caimanes* y por *caimanía* fueron conocidas las tertulias de café adonde acudían los pícaros, a la espera de que apareciera el anhelado cándido. Carranque de Ríos escribirá por estos años una novela, *Cinematógrafo* inspirada en tales ambientes.

Así las cosas (o sea, mal), el 26 de febrero de 1929 la *Gaceta de Madrid* publica una real orden abriendo información pública ante el Consejo de la Economía Nacional, a la que podrán acudir todos los profesionales de la industria del cine, y a la vista de cuyos resultados, se dictaminará acerca de la necesidad de dictar medidas protectoras a favor de dicha industria y en caso afirmativo, cuáles deben ser.

Las peticiones de los productores fueron dos en concreto: que se declarara obligatoria la proyección de cinco películas nacionales por cada cien extranjeras y que por cada veinticinco películas de una misma marca importadas en España, se exigiese la adquisición de una española, para ser exhibida en el país de origen de los filmes extranjeros.

Comenzaba, pues, la ayuda del Estado a la cinematografía nacional. Que desde entonces no ha parado.

*

La llegada del cine sonoro arruinó la carrera de muchas estrellas del mudo, al cambiar enteramente las formas interpretativas y, sobre todo, al exigir buena voz y dicción perfecta. Fue un auténtico drama en Hollywood, donde artistas hasta entonces muy celebrados quedaron totalmente oscurecidos. Una magnífica película, *Sunset Boulevard (El crepúsculo de los dioses)* recogió admirablemente aquella tragedia. Para mayor patetismo, su protagonista, Gloria Swanson, vivía en el celuloide su propia historia: la de la actriz famosa y deseada en los tiempos del cine mudo, condenada al olvido al implantarse el sonoro.

ACTORES DE OCASIÓN (AUNQUE NO DE SALDO)

La fascinación que suscita el cine es tan grande que ni siquiera las personas más sesudas, profesionalmente alejadas del mundo del celuloide, han podido resistirla, como veremos en seguida.

Toreros

Son quienes, con mayor lógica, se convierten un día en actores ocasionales. O no tan ocasionales, pues algunos terminaron por dedicarse enteramente a la profesión. El mejor ejemplo lo tenemos en Mario Cabré, fino torero catalán, que daba unas espléndidas verónicas con las manos bajas y contaba, además, con precedentes artísticos en su familia. Así que no puede extrañar que en 1946 debutara ante las cámaras, como protagonista de *El centauro*. Por cierto que rodando unas escenas taurinas, sufrió una cogida de cierta gravedad.

Hizo después *Oro y marfil*, *Canción mortal* (en ninguna de ambas toreaba) *La mujer, el torero y el toro* (en ésta, sí), *Una cubana en España, Pandora* (durante cuyo rodaje mantuvo su apasionado idilio con Ava Gardner, ya contado), *Siempre Carmen, Noches andaluzas, Misión extravagante, Los diez mandamientos, Trampa mortal* y *Nocturno 29*. O sea, que bien puede considerársele actor cinematográfico.

Y de teatro, pues también subió a los escenarios. Con una anécdota estupenda: una tarde de triunfo, en la Monumental de Barcelona, le sacaron a hombros y así le llevaron hasta el teatro donde representaba aquella misma noche *Don Juan Tenorio*. Cambió el traje de luces por las trusas y, ¡hala, a seducir a doña Inés!

Rafael Albaicín, torero gitano que antes de tomar la alternativa ya era famoso por el espléndido cuadro que le había pintado Zuloaga, actuó por primera vez ante las cámaras, en un papel taurino, en *La fiesta sigue*. Como demostró aptitudes, reincidió, también toreando, en *María Antonia, la Caramba* y *Torero por alegrías*. Y ya sin necesidad de vestirse de luces, siguió haciendo de actor en más de veinte películas, hasta su fallecimiento.

Son los dos únicos casos en que los diestros cambiaron definitivamente la seda, no por el percal, sino por el celuloide. Porque en los demás, los matadores interpretaron personajes de su misma profesión; y algunos con tanto acierto, que repitieron. Así, Manuel Benítez *el Cordobés*, en *Aprendiendo a morir* (basada en su propia biografía) y *Chantaje a un torero*. Sebastián Palomo Linares, en *Nuevo en esta plaza*, también autobiográfica y *Solos los dos*, como pareja de Marisol. Antonio Bienvenida en *Tarde de toros, La becerrada* y *El hombre, el torero y la muerte*, tremenda premonición de su desgraciado final.

En *Tarde de toros* actuaron asimismo el ya entonces veterano maestro Domingo Ortega y el entonces joven matador Enrique Vera. Que insistiría en *El último cuplé* (el novio a quien la despechada Sarita Montiel le canta lo de *Te vi por la calle...*) y en *El niño de las monjas*. Otro que repitió fue Pepín Martín Vázquez, aunque siempre haciendo de torero: *Currito de la Cruz* (versión de Luis Lucia) y *El torero*, junto a Danielle Darrieux.

Y el Algabeño, predilecto de las damas de la alta sociedad, que en el cine mudo intervino en *La medalla del torero* y *La hija del corregidor.* Y Luis Gómez el *Estudiante*, con dos títulos, *El niño de las monjas* (v. 1935) y *La fiesta sigue*. Además, dobló a Esther Williams en las escenas de toreo de *Fiesta brava*.

Y Miguel Báez *Litri* (padre), protagonista también de su propia biografía en *El Litri y su sombra*. Y Rafael el Gallo en fugaces apariciones en *Ídolos* e *Historias de la radio*. Y el Pireo. Y Miguel Mateo *Miguelín*. Y Carlos Arruza. Y Luis Procuna. Y el Platanito. Y Pedrín Benjumea. Y Chamaco (padre).

Y Marcial Lalanda, que en su época de mayor popularidad fue protagonista del filme mudo de Fernando Delgado *¡Viva Madrid, que es mi pueblo!* Y el bravo matador baturro Nicanor Villalta, asimismo protagonista en los tiempos del cine silente de *El suceso de anoche* y en 1965 de uno de los *sketches* de *Juguetes rotos*, la patética película de Súmmers.

Y hasta Manolete. El inolvidable maestro de Córdoba comenzó a interpretar una película, dirigida nada menos que por Abel Gance, el ilustre realizador francés. Con él actuaban, entre otros, María Asquerino y Manolo Morán. Pero las cosas del cine: a los pocos días del rodaje, se acabó el dinero y hubo que suspenderlo. Los metros filmados se conservan como una reliquia. Y acreditan que Manuel Rodríguez pudo ser, también, un excelente actor.

Fubolistas

En 1927, cuando ya era tenido como el mejor de los porteros, Ricardo Zamora interpretó *Por fin se casa Zamora*, evidente filme de circunstancias. Volvió a maquillarse en 1943, para *Campeones*. Su hijo del mismo nombre, también guardameta, actuó como galán en *El puente de la paz* y *Las chicas de la Cruz Roja*.

En *Campeones* debutaron igualmente como actores otros tres futbolistas internacionales de fama: Jacinto Quincoces, Ramón Polo y Guillermo Gorostiza. A los dos primeros les prendió el gusanillo y siguieron haciendo películas, en personajes que nada tenían que ver con el deporte. Quincoces, *Tierra sedienta*, *La fe*, *El camino del amor* (como protagonista, nada menos) y *Saeta rubia*. Polo, *El abanderado* y *El triunfo del amor*. A Guillermo Gorostiza, el famoso *Bala roja*, se le volvió a ver en *Juguetes rotos*, en una de las más conmovedoras historias de aquel filme tan excelente como desolador.

No iba a escaparse de la tentación del cine el

mejor futbolista de todos los tiempos, Alfredo di Stefano, ya se entiende, que protagonizó una especie de autobiografía titulada *Saeta rubia* y años más tarde, *La batalla del domingo*. Su amigo y también excepcional futbolista Ladislao Kubala interpretó asimismo su biografía novelada en *Los ases buscan la paz* producida por el inefable Bofarull.

Han tenido breves intervenciones en la pantalla otros muchos futbolistas, siempre como consecuencia de su popularidad: Samitier, Ramallets, Molowny, Marcet, Aldecoa. Pero éstos nunca se lo tomaron en serio.

Boxeadores

Fred Galiana, de verdadero nombre Exuperancio, campeón de Europa, uno de los estilistas más brillantes del pugilismo español, demostró que podía ser un buen actor en *Escuela de periodismo* y en *Es mi hombre*. Le gustó el ambiente artístico y se dedicó al teatro una temporada.

Pedro Carrasco, ex de Rocío Jurado y padre de la estomagante Rociíto, aprovechó la gloria de su título mundial para interpretar, bajo la dirección de Rafael Gil, *El marinero de los puños de oro*.

Hace bien poco, Poli Díaz, el boxeador de Vallecas que pudo ser campeón del mundo y lamentablemente se ha aniquilado a sí mismo, apareció interpretando un papel de matón en *Torrente, el brazo tonto de la ley*, sorprendente exitazo comercial de la pasada temporada. Antes, había prestado su anatomía en varias películas pornográficas.

Escritores

Comencemos por orden de categoría: por un premio Nobel. Camilo José Cela, o sea. Ahí donde le ven ahora, con su tripita, tenía una línea estilizada (y el mismo talento, que es lo importante) cuando en 1949 interpretó un papel en *El sótano*, película según dicen espantosa, que pocos pudieron ver porque en el estreno, el público, indignado, arremetió contra las butacas del local y causó un destrozo. Naturalmente, no siguió proyectándose.

Fiel a su teoría de que lo importante es aguantar, Camilo no se arredró y volvió a ponerse ante las cámaras en *Facultad de Letras*, aquel mismo año y en *Manicomio*, tres años después. Cierra su currículum de peliculero con *La colmena*, adaptación de su espléndida novela, donde interpretó su propio personaje.

Don Pío Baroja apareció haciendo de sargento carlista en la versión muda de *Zalacaín, el aventurero* y, naturalmente, después echó pestes de su interpretación y de la película. César González Ruano hizo de embajador (le iba pintiparado el papel) en *Mi adorable esclava*. En breves intervenciones se ha podido ver en la pantalla a Fernando Díaz-Plaja, Ángel Palomino, Antonio Buero Vallejo, Alfredo Marquerie, Rafael de Penagos, Darío Fernández-Flórez, Antonio Mingote, Ramón Gómez de la Serna, Leocadio Mejías, Jacinto Benavente. Alfonso Paso no sólo actuó como actor en varias películas, sino que incluso dirigió dos, sobre comedias propias.

Yo mismo (con perdón por la autocita) interpreté breves papelitos en cinco películas, todas ellas basadas en novelas mías, dirigidas por Rafael Gil. Y creo que quedé decorosamente.

El cura-actor

El padre Venancio Marcos, de la orden de los oblatos, fue popular hace cuarenta años por las charlas de orientación religiosa que pronunciaba a través de los micrófonos de Radio Madrid. Sacerdote en cierta medida con ideas progresistas (al menos para aquellos tiempos preconciliares), gozó de mucha audiencia y su consultorio sobre temas piadosos y de moral recibía a diario centenares de cartas.

Al padre Venancio le gustaba el cine y tenía vocación de actor. Así que, con las debidas licencias, se dedicó a interpretar en la pantalla papeles adecuados a su condición sacerdotal. Intervino al menos en diez películas, siempre haciendo de cura: desde *El escándalo* a *Juicio final.*

En 1951 iba a llegarle su gran oportunidad: protagonista absoluto en *Cerca del cielo,* filme dirigido por Domingo Viladomat, que recreaba la figura de monseñor Anselmo Polanco, obispo de Teruel, asesinado pocas semanas antes de terminar la guerra civil, después de haber sufrido largo cautiverio en la zona republicana. Y la verdad es que su interpretación fue excelente.

Al margen del cine, fue también protagonista de un pequeño escándalo, que apenas trascendió a la opinión pública. En una de sus charlas radiofónicas censuró con extrema dureza a Edgar Neville, por cierta fiesta de carnaval que había celebrado en su casa de la Moncloa y en la cual, según el padre Marcos, se cometieron toda clase de excesos e inmoralidades.

Por lo visto, la realidad no resultaba tan pecaminosa. Así que Edgar escribió al sacerdote, exigiéndole inmediata rectificación; caso de no hacerla, daría a la publicidad unas cartas del padre Venancio dirigidas a cierta hermosa actriz, entonces muy famosa y cuyo contenido no debía estar demasiado acorde con la deseable actitud de un religioso. A los dos días, en su habitual charla, el padre Venancio comunicaba a sus oyentes que, debidamente informado, tenía la satisfacción de poder rectificar su anterior opinión acerca de la fiesta celebrada en casa del señor Neville, ya que en ella y en ningún momento, sus participantes se habían apartado de las más estrictas normas de la moral cristiana.

Otros espontáneos

Los locutores de radio, como los presentadores de televisión, han aparecido y siguen apareciendo con frecuencia en la pantalla; aunque casi siempre lo hacen interpretando sus propios personajes. Bobby Deglané, famosísimo durante treinta años, figura estelar de los programas radiofónicos de más audiencia, hizo de Bobby Deglané en numerosas películas. Recuérdenle, por ejemplo, en *Historias de la radio*.

Y lo mismo Joaquín Prat (q. e. p. d.), Jesús Hermida, Luis del Olmo, Uribarri, Tico Medina, Íñigo y no se diga el maestro Matías Prats, que tantas veces se ha interpretado a sí mismo, regalándonos su voz y su dicción inimitables.

Pedro Chicote, el simpatiquísimo Perico, por cuyo bar, en la Gran Vía madrileña y por cuyo Museo Universal de Bebidas pasaron todos los famosos de la época, intervino como actor en once películas. Haciendo siempre de barman o de tabernero, eso sí. Los directores, en cuanto podían, gustaban de adjudicarle un papel de estas características, aparte las condiciones artísticas de Perico, por otra razón importante: cuando rodaba corría de su cuenta un espléndido buffet y champán sin tasa para todos cuantos aquel día coincidían con él en el plató.

Otro personaje popular, ajeno al cine, que ha sentido la tentación de probar como peliculero es Joan Gaspart, el vicepresidente del Fútbol Club Barcelona, tan controvertido en el mundo futbolístico. Apareció como periodista en *Profesión, reportero* y recientemente ha interpretado el papel de un fotógrafo en *Tierra de cañones,* película de accidentado rodaje dirigida por Antonio Ribas y todavía sin estrenar cuando esto escribo.

Los aristócratas

Además del marqués de Santo Floro, ya citado, otros dos aristócratas han sido actores del cine español. El más ilustre, el marqués de Portago, que se llamaba nada menos que Antonio Cabeza de Vaca y Carvajal Fernández de Córdoba y Jiménez de Molina. Sin importarle lo que opinaría el resto de la nobleza, redujo su nombre artístico a Antonio Portago y con él interpretó en Londres *Bosambo*, dirigida por Alexander Korda y en España, *Sierra de Ronda* y *La bien pagada*, junto a Lina Yegros, uno de los grandes éxitos comerciales de anteguerra.

El otro, ya lo supondrán, fue don Jaime de Mora y Aragón, hermano de la reina Fabiola de Bélgica, esa hermana casada que vive en Bruselas, decía él, y cuya lista de películas es muy larga. Incluso interpretó varias en Italia (entre ellas, nada menos que *El juicio universal*, de De Sica). Ahora le estamos viendo de continuo en la televisión, donde se repiten las comedias de los años setenta/ochenta, con los inevitables Landa, Sacristán, Gómez Bur, López Vázquez y Toni Leblanc. Y don Jaime, con su monóculo, sus bigotes, su bastón y su campanuda voz.

José Luis de Vilallonga, marqués de Castellvell, no puede considerarse como un aristócrata metido a actor, sino como un actor que es aristócrata. Su extensa filmografía, con muchas películas rodadas en Francia, Italia y España, así lo acredita. Salvando las naturales distancias, se trata del mismo caso que Totó, que era, según aseguran sus biografías, un príncipe de verdad.

PLEITOS DE CINE

Siempre han abundado los pleitos en el cine (que me lo digan a mí). No sólo en España; en todas partes. Porque en todas partes hubo siempre realizadores que consideraron que el productor había violado sus derechos de autor, introduciendo cambios en el montaje de sus películas. O artistas que se sentían vejados por el comentario de un periodista o atacados en su más sagrada intimidad por algunas fotografías tomadas con engaño. O productores que reclamaban a sus socios la aportación de un capital prometido y nunca entregado. O autores que se sentían plagiados en cualquier guión. O simplemente, y es lo más habitual, profesionales de todas clases, cuyos salarios no habían sido pagados con la puntualidad debida.

*

En sus años de actor y director de películas mudas, Chaplin fue uno de los clientes más constantes de los tribunales de Justicia americanos. Pero no por ninguna de las causas antes citadas; a Charlot le ponían pleito tras pleito sus mujeres. Las cambiaba con cierta frecuencia, siempre aparecía algún hijo por medio y ora las esposas que se divorciaban y buscaban aprovecharse de la fortuna de su ex, ora algunas jovencitas que se decían seducidas y abandonadas por el genio del bombín, al pobre le salieron carísimas sus peripecias sentimentales. Menos mal que Oona O'Neill llegó a tiempo de hacerle sentar la cabeza.

*

Ya en 1904, el todavía reciente invento del cinematógrafo fue tema para las crónicas de tribunales. El 18 de mayo de aquel año, el Tribunal del Sena rehusó, en una sentencia, considerar la película como obra dramática susceptible de propiedad intelectual. Es decir, la justicia francesa seguía sin encontrar en el invento de los Lumière ninguna connotación artística.

Nueve años más tarde aún no había modificado su desdeñoso criterio. El juez de paz de Hyères no dudaba en afirmar, en su fallo, que la proyección cinematográfica constituía, simplemente, «un espectáculo para curiosos». ¡Qué falta de sentido común y de sensibilidad el de los magistrados franceses, *mon Dieu*!

*

Francesca Bertini fue la estrella cinematográfica que encandiló a nuestros abuelos. Y a muchos abuelos de todo el mundo, porque la actriz italiana gozó de fama universal en el cine mudo de los años veinte. Era una trágica, una intérprete ideal para los dramones que entonces se llevaban, con sus caídas de ojos, con sus gestos crispados, con sus lágrimas fáciles. Alcanzó la cima de la popularidad en *La dama de las camelias*, a pesar de que sus redondeces no permitían presagiar la tisis que acechaba a la pobre Margarita.

Resultó que su nombre artístico no se correspondía con el verdadero; ella se llamaba, en realidad, Elena Vitiello. Y hete aquí que apareció en Roma una buena señora, ya fue casualidad, cuyo auténtico nombre de pila era Francesca Bertini. La genuina *signora* Bertini demandó a la falsa Francesca, aduciendo que estaba mancillando en la pantalla patronímico y apellido tan decentes.

Los tribunales italianos no lo estimaron así e hicieron muy bien. En su sentencia mantuvieron que era la *falsa* quien daba lustre y gloria al nombre de la verdadera, por lo que la absolvieron de la demanda. Ni que decir tiene que el proceso aumentó todavía más la fama de la actriz. Que iba a ser una de las muchas que no pudieron superar la llegada del sonoro, por las razones que ya expusimos, aunque en 1943 apareció por España y sorpresivamente fue protagonista de una mala película titulada *Dora, la espía*.

*

Roma, cuna del Derecho, ya saben. Sin duda por tradición, los italianos siempre fueron (y siguen siendo) muy proclives a los pleitos. De ahí que en aquellos tiempos iniciales del cine, en Italia se promoviesen muchas causas judiciales. Como la que enfrentó en 1912 a dos productores, que habían coincidido en adaptar a la pantalla la misma novela: *Los últimos días de Pompeya*. La novela era de dominio público; pero el título, no. Tras un largo pleito, las partes llegaron a una transacción: muy italiano, también.

Y en 1911 se plantea en España el primer caso judicial cinematográfico, referido a derechos de autor. La Sociedad de Autores se querelló contra el productor catalán Fructuoso Gelabert, acusándole de haber plagiado a don José de Echegaray en su película *Mala raza*: el productor fue absuelto. Desde entonces, la jurisprudencia de nuestros tribunales mantiene unos criterios muy rigurosos en esto de los plagios. Pese a que haberlos, haylos.

*

Aunque ya lo he contado en *Historias puñeteras*, libro sobre anécdotas del mundo de la justicia, publicado en esta misma colección, merece la pena repetirlo ahora. Pues su protagonista fue una actriz de cine y de teatro, famosa en tiempos y que ya en su decadencia, decidió hacerse empresaria de su propia compañía. Pero la gira resultó un desastre y además de terminarla antes de lo previsto, los artistas se quedaron sin cobrar las últimas semanas.

Naturalmente, demandaron a la actriz-empresaria ante la Magistratura de Trabajo. En el trámite de conciliación previo al juicio, la actitud de los demandantes no pudo ser más generosa: reducían sus créditos y daban facilidades para cobrarlos. Pero la demandada repetía como un sonsonete:

—No tengo un duro.

El magistrado intentaba hacerle comprender que, si tenía que dictar sentencia, la condena sería muy superior a las cantidades que en conciliación se le pedían y además el pago tendría que hacerse de inmediato. Y ella:

—No tengo un duro.

Insistía el magistrado; como argumento definitivo y muy cierto, le advirtió:

—Pero es que esa sentencia será ejecutiva; quiero decir que se le embargarán sus bienes.

Y ella:

—No tengo un duro.

—Pero, señora, nadie es absolutamente insolvente. Algo se le podrá embargar.

Y ella, con gran naturalidad:

—A mí, como no me embarguen el coño...

Rumores en la sala, como no podía menos de suceder. Y Su Señoría que, también sin darle importancia, comenta:

—Pues sí, se puede. Y ponerle un contador.

*

En *El último cuplé,* Alfredo Mayo interpretaba el papel, muy breve, de un supuesto conde Wladimiro de Rusia que, en plena borrachera, pretendía besar a Sarita Montiel mientras ésta actuaba en el cabaret. Se armaba el natural escándalo y al conde le daban de bofetadas.

Apareció un ciudadano ruso, que decía ser también conde y llamarse Wladimiro y anunció acciones legales contra la productora y el guionista, por haber mancillado su honor, ya que las coincidencias de título y nombre hacían que se le confundiera con el borrachín peleón.

No prosperó la querella.

*

Cuando Chicho Ibáñez Serrador dirigió *La residencia,* eligió como protagonista a la hermosa y estupenda actriz italiana Serena Vergano, considerada entonces, junto a Teresa Gimpera, la *musa* de la que fue llamada Escuela de Barcelona.

Sin duda abrumada por la responsabilidad del papel, el primer día del rodaje Serena sufrió un ataque de nervios que obligó a suspender la filmación. Ocurrió lo mismo el segundo día. Y el tercero.

La productora decidió sustituir a la actriz. La cual acudió a la Magistratura de Trabajo, en reclamación de lo que consideraba un incumplimiento de contrato. El letrado de la empresa, persona con mucho sentido del humor y profundos conocimientos jurídicos, a quien tengo en alta estima, resumió lo sucedido en esta cuarteta:

Circunstancia muy curiosa
la de esta actriz, que es tan buena,
y aun llamándose Serena
se nos ponía nerviosa.

El pleito se concilió, a mutua satisfacción de las partes. Era lo justo.

*

Aquel buen actor que fue Tomás Blanco, asiduo durante muchos años en los repartos de las películas españolas, promovió uno de los pleitos de cine más curiosos que se recuerdan. Contratado para interpretar un papel en *El valle de las espadas*, durante el rodaje decidió el director suprimir dos de las secuencias en las que debería intervenir. Se le redujo, pues, su trabajo, aunque le fue pagada la totalidad de lo estipulado en el contrato.

Pero Tomás estimó que al rebajarse la importancia de su personaje, se perjudicaba su dignidad artística. Y llevó a la empresa productora ante los tribunales laborales, reclamando que se la obligara a rodar las secuencias eliminadas. La sentencia absolvió a la demandada, al considerar que es facultad del director de una película efectuar en ella los cambios que considere oportunos, como máximo responsable de la realización.

¿Recuerdan lo que, páginas atrás escribo a propósito de la admirable, elogiable, estupenda vanidad de los artistas y de su amor al oficio? Porque ya me dirán si alguien, en cualquier otra profesión, llega al extremo de poner un pleito para trabajar más, cobrando lo mismo.

*

El guión de *Los jueves, milagro*, la película de Luis G. Berlanga, fue sañudamente mutilado, enmendado, corregido y aumentado por un censor religioso necio, bolonio y sandio, que llegó a escribir de nuevo algunos de los diálogos, rectificando los originales.

Berlanga quería que el nombre del clérigo estólido se incluyera en los títulos del filme, como coautor del guión, responsable de sus destrozos. Incluso solicitó un dictamen jurídico al respecto.

No pudo ser. Una lástima, porque hubiese tenido gracia.

*

La actriz, asidua en papeles secundarios, no dudó en presentar como testigo de cargo en el pleito que mantenía con la productora, a un actor, su amante en aquellos momentos, con el que convivía desde hacía meses.

A los testigos se les comienza preguntando las llamadas *generales de la ley*:

—¿Es usted amigo íntimo de la demandante?

Contestó sin inmutarse:

—No, señor.

Repreguntó el letrado de la empresa:

—Pero, vamos a ver, ¿no es cierto que ustedes conviven juntos, en la misma pensión?

—Sí, señor.

—¿Y que incluso comparten la misma habitación?

—Sí, señor.

—Entonces ¿cómo dice usted que no tiene amistad íntima?

—Hombre, porque lo de la habitación nada tiene que ver con la intimidad. Es que las pensiones se han puesto carísimas, ¿sabe?, y así nos ahorramos un dinero.

*

Érase que se era un productor de aquellos que se metían en las más arriesgadas operaciones financieras y obtenían créditos con garantías de futuro siempre problemáticas: la clasificación, los permisos, la distribución... Por una vez le fallaron los cálculos; su última película fue relegada a la tercera categoría y tendría que afrontar las deudas con sus bienes personales, por tratarse de empresario individual.

A la vista de lo que se le venía encima, con suficiente antelación para que no se le pudiera acusar de alzamiento de bienes (el hombre era listo, ingenioso y desvergonzado), decidió quedarse en el más absoluto estado de insolvencia. Apañó embargos con los amiguetes de confianza, simuló la venta de sus pocos bienes raíces y se liberó de toda propiedad a su nombre.

Cuando su principal acreedor, ignorante de la maniobra, ejecutó su crédito, el frescales compareció en el juzgado, humilde, triste, aparentemente hundido, para confesar casi entre lágrimas que era del todo insolvente. En efecto, el letrado de su víctima no pudo designar bienes algunos que embargar.

En el colmo del cinismo, a la hora de firmar el acta, el descarado deudor (que llevaba un traje raído, los zapatos remendados y barba de tres días) le pidió al secretario judicial:

—Por favor, ¿me deja su estilográfica? Es que la mía también he tenido que empeñarla...

*

Fernando Fernán-Gómez, me consta de ciencia propia, es profundamente escéptico respecto de la administración de justicia. No le falta razón, por supuesto. En su caso, desde que, propuesto por el productor de una película que había interpretado, acudió como testigo en el pleito que dicho productor había promovido contra el distribuidor del filme, que llevaba varios años sin estrenar.

A preguntas del abogado del productor (a cuyo favor se entendía que tenía que testificar Fernando), respondió que el retraso en estrenar una película es indudable que perjudica a los actores que trabajan en ella y también que, con el paso del tiempo, puede perder interés y pasarse de moda. El letrado demandado, o sea, el del distribuidor, le interrogó después citando el caso de *María Antonieta*, que acababa de estrenarse en España cuatro años después de realizarse en Hollywood, gracias a lo cual, su protagonista, Tyrone Power, entonces desconocido por el público español, era ahora muy famoso. Lo cual, sin duda, había beneficiado el éxito comercial. Y Fernando, siempre honesto, respondió que sí, que así había ocurrido.

Naturalmente, su amigo, el productor, perdió el pleito, aunque siguió saludándole. Su abogado, no; su abogado le reprendió airadamente «por no saber lo que era un testigo». Sería de los que consideran que los testigos deben mentir en favor de quien los propone.

*

Vincent Sherman dirigió en España, en 1967, *Cervantes,* una ambiciosa superproducción (decían) con Horst Bücholz y Gina Lollobrigida encabezando el reparto. También trabajaba Paco Rabal. A quien, para liquidarle el último plazo de sus salarios, entregaron una letra de cambio, que fue protestada a su vencimiento. Eran cuatrocientas ochenta mil pesetas: toda una fortuna para la época.

Paco había endosado la letra, para ahorrarse problemas y su tenedor la ejecutó apenas impagada. Así que la comisión judicial se presentó en los estudios y embargó el gran decorado de la muralla y el puerto de Argel, precisamente el día que tenía que rodarse nada menos que la batalla de Lepanto. En la piscina de los estudios, claro.

A las veinticuatro horas de efectuarse el embargo, el productor pagaba la letra, con las correspondientes costas. Y Horst Bücholz, que hacía de Cervantes, pudo meterse en la refriega naval y aparentar que se quedaba manco.

*

Doce añitos tenía Ana Belén cuando tuvo que comparecer ante la Magistratura de Trabajo pidiendo que se declarara resuelto su contrato con una empresa discográfica con la que, después de tenerla sujeta legalmente durante más de dos años, todavía no había grabado más que un disco, por cuyos derechos le pagó ciento sesenta y cuatro pesetas.

Ana pasó una mañana fatal; estaba nerviosísima, como puede suponerse, a pesar de que el magistrado la trató con cariño casi paternal. Y eso que ignoraba que estaba sentando jurisprudencia: como consecuencia de este pleito, el Tribunal Supremo reconoció carácter laboral a la relación entre artistas y empresas de discos.

*

Narciso Ibáñez Serrador, es decir, el gran Chicho, ha pasado a la historia del Derecho del Trabajo porque en 1973 y ante la Magistratura de Trabajo de San Sebastián ganó un pleito a cierta productora que le había incumplido el contrato otorgado para la realización de la película *El plazo*.

La efemérides no consistió en eso, por supuesto. Sino en la cuantía de la indemnización señalada en el fallo: 5 684 000 pesetas. Que era entonces y con diferencia la cantidad más alta fijada en un pleito laboral de carácter individual.

Pero no todo resultó feliz. El juicio tuvo una gran difusión en los medios informativos. Y la Hacienda Pública cayó sobre Chicho, a quien hasta aquel momento había dejado tranquilo. Desde entonces no ha parado de acordarse de él.

*

Lola Flores celebró por todo lo alto el bautizo de su hijo Antonio. Barra libre, banquete y juerga hasta la madrugada, en el restaurante Camorra, de la Cuesta de las Perdices. Pero cuando su propietario pasó la cuenta, hoy parece irrisoria, sesenta mil pesetas, surgieron los problemas.

Y el mesonero se hartó de esperar y llevó al juzgado al padre de la criatura, el Pescadilla y a los padrinos del neófito, Carmen Sevilla y Antonio Ruiz Soler, el inolvidable bailarín. Alegaba el primero que se había acordado previamente al festejo que sería pagado a medias por los padrinos. Así lo reconoció Antonio, que desde el primer momento se mostró dispuesto a abonar sus treinta mil pesetas. Carmen Sevilla, cuando se celebró el juicio, estaba ausente de España, por lo que no pudo comparecer.

Al no probar el Pescadilla el pacto entre los padrinos, la sentencia le condenó a él a pagar la otra mitad de la factura de Camorra. Y Lola, que en gloria esté, se enfadó muchísimo con el juez.

MÁS PLANOS CORTOS

La guapísima María Félix debutó en el cine, ya como protagonista, en *El peñón de las ánimas*, junto a Jorge Negrete, que por entonces era el actor más popular de México. Desde el comienzo del rodaje se tuvieron una enorme inquina mutua, que provocó constantes enfrentamientos entre ambos. Estaba claro que no congeniaban, que no se podían ver, que se tenían manía. Tan claro estaba, que años más tarde se casaron.

Pero en aquel primer encuentro frente a las cámaras no perdían ocasión de zaherirse. Un día, Negrete le preguntó:

—Tengo una curiosidad. ¿Con quién se acostó usted para que le dieran el papel principal?

Respuesta de la Doña:

—Usted lleva más tiempo en este negocio; así que debe saber bien con quién hay que acostarse para ser estrella.

Lo ha contado Paco Ignacio Taibo I en su libro sobre la filmografía de la Félix.

*

Alfredo Fraile, el magnífico cameraman, era un madrileño castizo, con vocabulario y acento de sainete de Arniches. En una cena de las que el Sindicato del Espectáculo organizaba para celebrar la entrega de los premios nacionales de cinematografía, le correspondió a su lado, en la mesa, una elegante dama portuguesa, esposa de cierto actor de su misma nacionalidad.

La señora no era fea; pero tenía mucho vello. El maquillaje no podía disimular la sombra peluda en las mejillas y, sobre todo, encima de los labios. Como los camareros se estaban retrasando en servir el primer plato, Alfredo, muy campechano, le dijo a la lusitana:

—¿Qué, señora, meneamos el bigote?

Si bien al advertir la posible mala interpretación de la frase chulona, se apresuró a aclarar:

—Bueno, me refiero a si nos van a servir la cena ya de una...

*

A José Bódalo, muy aficionado al fútbol y seguidor apasionado del Real Madrid, le asaltó una tarde de partido, en los pasillos del estadio Bernabéu, una señora loca de contento.

—¡Qué alegría más grande encontrarle! ¡Con lo que yo le admiro! ¡Permítame que le dé un beso!

Se lo dio por partida doble, para continuar los elogios en pleno éxtasis:

—¡Porque es usted el mejor actor! ¡Un actor maravilloso! ¡No me pierdo ninguna de sus películas...!

—Muchas gracias, señora... Pero si me permite...

—Claro, claro; que el partido está a punto de comenzar. Vamos a ganar, seguro; porque yo también soy del Madrid, ¿sabe?

—Lo celebro mucho. Otra vez gracias...

—¡El primero de todos! ¡El más grande! ¡En Hollywood debía estar trabajando...!

—Gracias, gracias...

Y concluyó la entusiasmada *fan*:

—¡Nadie tan grande como usted, señor Rabal...!

*

El derecho de nacer se tituló un filme mexicano, precedente de los culebrones, melodramático y lacrimoso, que arrasó en las taquillas. Antes de estrenarse en Madrid, la distribuidora ofreció un pase privado a personalidades de los medios informativos y de la industria cinematográfica.

Al terminar la proyección, Benito Perojo tenía los ojos llenos de lágrimas.

—Ya veo que también te has emocionado con tanta desgracia —le comentó un amigo.

—No, hombre, no. No lloro por eso. Lloro porque antes de comenzar el rodaje de esta película, me ofrecieron su distribución en España y no la acepté. Y estoy pensando los millones que he dejado de ganar.

*

Como entonces no estaba autorizado el juego en España, los españoles que allá por los años setenta viajaban a los festivales cinematográficos en el extranjero, no faltaban nunca a la cita con la ruleta. Cesáreo González presumía de ganar siempre y además ejercía de prestamista con sus compañeros menos afortunados.

Jorge Mistral regresaba una noche del hotel Excelsior, en Venecia, bastante mohíno porque el azar le había sido esquivo. El dicharachero conserje, quizás para animarle, le comentó:

—¿Qué tal lo pasa el señor en el Lido?

—Bueno…, bastante bien.

—¡Pero si esto es muy divertido! Claro que hay que conocer los sitios. Veamos, si me lo permite, ¿dónde estuvo el señor esta noche?

—En el Casino.

El conserje miró hacia ambos lados con cierto temor, hizo un gesto a Mistral para que bajara la voz y le advirtió:

—¡Por favor, señor! ¡No hable tan alto!

—¿Pues qué ocurre?… —se extrañó Jorge.

Ocurría que Casino, así, sin acento, puede significar en Italia casa de prostitución. El de juego lleva acento en la ó. Aunque por las trazas, el actor español no lo había advertido, en el rótulo luminoso que lo anuncia en el Lido veneciano, el acento es enorme; tan grande como las letras.

*

Otra anécdota de festivales y que conste que (como todas las demás, pero lo recalco en ésta) es verídica. Paseaba por La Croisette a últimas horas de la mañana cierta alta jerarquía administrativa del cine español de la época, acompañada por el crítico Fernández Cuenca. La hermosa playa de Cannes estaba a rebosar de *starlettes* en minibikini, que encantadas se dejaban fotografiar por los reporteros, y de personalidades del cine mundial; estrellas, no, por supuesto. Las estrellas aún dormían.

Los dos españoles coincidieron en el paseo Marítimo con el famoso (no tan famoso como verán en seguida) realizador Henry Clouzot, el de *Las diabólicas*. Saludóle Fernández Cuenca con afecto e hizo las presentaciones. El jerarca cruzó unas frases de cortesía con el director francés, en su mismo idioma. Lo hablaba muy bien y así se lo elogió Clouzot.

—Es que estudié un curso monográfico en Montpellier, hace algunos años. Porque soy ingeniero de Montes, ¿sabe?

Y a renglón seguido, eso sí, con un acento impecable del Midi:

—Y usted, monsieur Clouzot, ¿a qué se dedica?

*

Jorge Mistral, a quien antes me referí, no era demasiado alto: algo menos de 1,70. Para mejorar su estatura calzaba siempre botos en cuyo interior disimulaba unas alzas de cinco centímetros. Incluso le fabricaban zapatos especiales, con el mismo suplemento.

Por eso, si se fijan, camina en las películas con cierto balanceo.

*

El *Indio* Emilio Fernández era machista furibundo y nunca lo negó. En una entrevista publicada en *Excelsior*, respondió así a las preguntas del periodista sobre el tema:

—Por nuestro sexo, por México, el machismo deberá continuar. Pues de lo contrario, podríamos no ser mexicanos.

—El adulterio, cuando concierne a un macho, es divino. Cuando concierne a la mujer, es la muerte.

—Lo más despreciable para un mexicano es que un hijo suyo no sea suyo.

—El mexicano quiere tener lo más grande, para ofrendarlo a los pies de una mujer.

Me gustaría saber qué opina de semejantes puntos de vista mi buena amiga Cristina Almeida. A lo mejor, dejan de gustarle *Flor silvestre* y *La perla* y *Enamorada* y todas las grandes realizaciones del Indio.

*

Cuando se ultiman los repartos de las películas en preparación se producen modificaciones inverosímiles. Por ejemplo, si el actor previsto pide más dinero del presupuestado, se le cambia y en paz. Aunque estos cambios, en ocasiones, resulten sorprendentes. A José Isbert le sustituyeron cierta vez por Guadalupe Muñoz Sampedro.

Tan sólo hubo que variar el sexo del personaje, como puede suponerse.

*

Guadalupe Muñoz Sampedro, espléndida cómica, era famosa en la profesión por sus despistes. Paseaba una tarde por Valencia, en cuyo teatro Eslava estaba actuando y se cruzó con un señor, que la saludó amablemente. Doña Guadita (así se la conocía) afabilísima, encantadora, le devolvió el saludo con especial afecto.

—¡Hola, buenas tardes, tanto gusto! ¿Cómo está usted?

—Pues ya ve, muy bien, gracias a Dios.

—Ya es casualidad habernos encontrado, ¿verdad? Porque ¿qué hace usted en Valencia?

—¡Doña Guadita, que soy actor de su compañía!

*

En otra ocasión, comunicó con alborozo a su hija Luchy Soto y a su yerno, Luis Peña, que se había comprado una tumba a perpetuidad en el cementerio madrileño de San Justo. Y se empeñó en que la acompañasen para conocerla.

Una vez en el camposanto, argumentó las razones de su satisfacción:

—Porque fijaos qué vistas tiene este sitio. Y además debe ser sanísimo...

*

Con gran alarde publicitario, Cesáreo González reunió en una misma película a tres estrellas máximas del folclore: Lola Flores, Carmen Sevilla y Paquita Rico. Se titulaba *El balcón de la luna* y tratándose de un tema muy andaluz, con canciones abundantes, eligió al más adecuado (?) para dirigirla: el argentino Luis Saslavsky, tenido además por un realizador intelectual.

A pesar de todo, el filme se hizo; pero el problema gordo surgió a la hora de decidir su publicidad y, sobre todo, de diseñar los títulos de crédito, es decir, el encabezamiento de la película, donde se anuncia a sus protagonistas. Pues cada una de las tres grandes divas quería figurar la primera en el reparto. Tras largas deliberaciones, el sagaz representante Luis Sanz dio con la solución: que los nombres apareciesen cruzados en aspa.

Parecía resuelto el problema, cuando Lola advirtió que, aun así, el público leería antes que los demás el que apareciera arriba, a la izquierda del aspa. Ante tan sensata objeción, se acordó que el aspa giraría lentamente, de modo que en ningún momento ninguno de los nombres apareciera definitivamente por encima de los demás. Y así se hizo, con lo que el honor de las guapas estrellas andaluzas quedó a salvo.

Después, la película resultó muy mala, y encima no dio un duro.

*

El inefable don Jaime de Mora y Aragón invitó a almorzar a un matrimonio amigo en Valentín, el restaurante madrileño tan frecuentado por gentes del espectáculo. Llamó con gesto imperativo al maître, solicitando la carta; pero lo que hizo el maître fue decirle, discretamente y en baja voz:

—Perdone, don Jaime, pero tengo órdenes de la dirección de no servirle comidas, hasta que liquide varias facturas que tiene pendientes.

Sin descomponer su dignidad, dijo don Jaime:

—Repita eso en voz alta. Sí, en voz alta, para que lo oigan todos...

Así lo hizo el sorprendido chef, con el natural regocijo de cuantos ocupaban las mesas próximas. Entonces don Jaime se puso en pie y casi a gritos anunció muy enfático:

—¡Esto se sabrá en todo Madrid! ¡Se sabrá que en este restaurante se niegan a atenderme, a mí, a don Jaime de Mora y Aragón, por unas facturillas de nada que dicen que debo! ¡Ya lo creo que se sabrá! Y estoy seguro de que semejante falta de educación, una grosería incalificable, alejará de aquí a todas las personas educadas.

Y dirigiéndose a su esposa y al matrimonio que los acompañaba (cuyo embarazo puede suponerse) ordenó dignísimo:

—¡Vámonos! Me niego a respirar un minuto más el aire corrupto de este establecimiento.

En sus momentos de penuria, que fueron bastantes, don Jaime era así. Aunque sin perder jamás la compostura ni la gravedad en las formas. Por supuesto que, andando el tiempo, quedó como un caballero con su amigo Félix, el dueño de Valentín, y pudo regresar glorioso al restaurante. Donde, en el fondo, todos le querían.

*

A los viejos intelectuales españoles de hace medio siglo el cine no les importaba en absoluto. En una encuesta publicada en el semanario *Primer Plano*, éstas fueron algunas de sus respuestas:

Don Francisco Rodríguez Marín, director entonces de la Real Academia de la Lengua, reconocía haber ido al cine una sola vez en su vida. Don Elías Tormo, académico de la Historia, mejoraba el récord: no había ido jamás a ver una película. El pintor y también académico don José Moreno Carbonero, sí que iba al cine; pero los argumentos le parecían siempre absurdos y lo único que le interesaba algo eran los paisajes, la fotografía.

Azorín reconocía que llevaba al menos quince años sin ir al cine, aunque sabía «que se están haciendo grandes cosas». Sin duda pudo comprobarlo poco después, pues ya muy anciano se despertó en él un insólito entusiasmo por lo que no dudó en calificar como «séptimo arte». De tal manera, que en sus últimos años le dio por ir todos los días a cines, siempre de doble sesión y escribió mucho y bien sobre películas.

Don Pío Baroja fue muy explícito:

—Mire, a mí me han adaptado alguna novela a la pantalla y siempre lo han hecho muy mal. Un desastre. Hombre, si las escenas de mar en *Las inquietudes de Shanti Andía* las rodaban en una piscina de los estudios. Así salió aquello. Por lo demás, ir al cine, lo que se dice ir al cine, ya hace algún tiempo que no voy. Treinta años o así...

*

A don Jacinto Benavente sí que le gustaba el cine. Tanto, que en 1919 fundó una productora, Madrid-Cines, para la que dirigió personalmente (con Fernando Delgado como ayudante) un asunto original, *La madonna de las rosas,* y en 1924, una adaptación de *Más allá de la muerte.* Fue miembro del Consejo de Administración de la Sociedad Cinematográfica Española y años más tarde, socio fundador de la CEA.

Ya septuagenario, interpretó el protagonista de un corto dedicado al público infantil, *El nietecito.* Por supuesto que le llevaron al cine muchas de sus comedias; casi ninguna de las adaptaciones le satisfizo. De ahí su frase, que se hizo famosa:

—Cuando te contratan una obra para hacerla película, lo que te pagan son los desperfectos que van a ocasionarle.

*

Quizás una de las versiones más acertadas del teatro benaventino fue la que hizo Rafael Gil de *La noche del sábado,* de la que fue protagonista María Félix.

El primer día de rodaje, siguiendo la costumbre de entonces, la productora ofreció la clásica copa de vino español (durante la cual solamente suele beberse whisky) en el plató de los estudios. Con periodistas, invitados y artistas del reparto, acudió también don Jacinto.

La que no se dejó ver fue María Félix, que se encerró en su camerino. Según María Asquerino, no quiso que la presencia del anciano y glorioso Nobel pudiese oscurecer su brillo.

*

A Nadiuska le han preguntado no hace mucho, en una de esas impertinentes tertulias de la televisión, si era cierto que tuvo amores con Paco Umbral y que los terminó porque se metía en la cama con su inseparable bufanda. La bella y exótica actriz dejó la duda en el ambiente.

Bueno, yo pienso que más grave hubiese sido que no se quitara los calcetines.

TIJERAS Y LÁPIZ ROJO

Hasta no hace muchos años, la censura cinematográfica se ejercía en todos los países. Con mayor o menor rigor, atendiendo sólo a razones morales o también a las políticas, lo cierto es que guionistas y directores, siempre llevaban pendiente sobre sus cabezas la espada de Damocles de unas comisiones dictaminadoras que tenían que dar por válidas sus películas.

En Hollywood se impuso en 1934 el Código Hayes; no era estrictamente una censura estatal, pero a sus prescripciones se sometieron todos los productores, hasta finales de los cincuenta, en que fue derogado. Entre sus principios, grotescos como los de toda censura, figuraba aquel en virtud del cual, cuando una pareja (de distinto sexo, se entiende) aparecía sentada en una cama, nunca podía tener los pies separados del suelo.

En Gran Bretaña se prohibió en 1945 *Objetivo: Birmania* por entender que en la película se retrataba poco fielmente a los ingleses. Prohibieron en Francia, entre otros filmes, *La edad de oro*, por impío; *Senderos de gloria* y *La batalla de Argel* por la mala imagen que en ellos se daba del ejército. En 1954, la censura de la República italiana impuso tres cortes a *Muerte de un ciclista*, de Bardem, que ya había sido censurada en España. No se diga lo que supuso el intervencionismo estatal en la URSS y en Alemania e Italia, bajo sus respectivos regímenes dictatoriales. La censura soviética prohibió, entre otras muchas películas, *Los diez mandamientos* y toda la obra de Buñuel.

*

La censura previa se estableció en España en 1913. Y de una u otra forma, siguió haciendo de las suyas hasta 1976. Durante la monarquía de Alfonso XIII no se caracterizó por su rigor; bien es cierto que el cine que entonces se hacía en el mundo no solía ofrecer problemas morales (el desnudo apenas se llevaba) ni su contenido político llegaba más allá de una tímida denuncia social.

Ya se contó páginas atrás cómo la censura de la II República prohibió a Buñuel su *Tierra sin pan (Las Hurdes)*. Quizás por ello, el director aragonés declaraba en 1935 en la revista *Nuestro cinema* que no creía en la posibilidad de que se hiciese en España un cine auténticamente popular, porque la existencia de la censura se encargaba de impedirlo. Es curioso que diez años después, los nuevos directores del cine nacional, ya en el franquismo, manifestaran lo mismo.

Aquel año de 1935, el gobernador civil de Barcelona prohibía la exhibición en su provincia de las películas con desnudos y de las de gángsters. *El acorazado Potemkin* fue proyectada sólo en cine-clubs, ya que el cine soviético estuvo prohibido hasta el triunfo del Frente Popular, en febrero de 1936. También se prohibió *La edad de oro*, calificada por la prensa canaria (donde intentó exhibirse durante la Exposición Surrealista celebrada en Santa Cruz de Tenerife, en 1935) como *herejía criminal*.

Pero el mayor escándalo de la censura republicana se produjo con motivo de la prohibición del filme norteamericano de Von Sternberg *Tu nombre es tentación*, adaptación de la novela francesa *La femme et le pantin*. El consejo de ministros (que presidía Alejandro Lerroux) no sólo negó su exhibición en España, sino que requirió a la Paramount para que retirase las copias que tenía en circulación por todo el mundo y quemase el negativo. De lo contrario, todas las películas de esa productora serían prohibidas en España.

Decisión tan drástica venía motivada porque, según el criterio oficial, el protagonista del filme, un capitán del ejército español cometía toda clase de villanías. En la trama, llena de tópicos y falsedades, ejemplo de la peor de las españoladas, se ofendía también a la Guardia Civil.

Como por entonces se estaba negociando un acuerdo comercial entre España y Estados Unidos, el Departamento de Estado presionó a la Paramount, que pareció ceder a las demandas del gobierno español y procedió a quemar el negativo en presencia del embajador de España. Aunque lo que realmente se destruyó fue un doble negativo; y muchos años después, la película volvió a distribuirse en todo el mundo.

*

Pero la censura que más ha dado (y sigue dando) que hablar es la del franquismo. Realmente, fue de una necedad infinita; incluso Sáenz de Heredia reconoció que, por sus inconsecuencias y sus estupideces, acabó convirtiéndose en un enemigo del régimen, ya que provocaba la irritación hasta de sus más fieles adictos.

Las anécdotas que confirman semejante aseveración son infinitas. Cuando José María Forqué terminó el rodaje de *Amanecer en Puerta Oscura*, se encontró con la desagradable sorpresa de que la censura prohibía la película. La razón que le dieron fue que en el argumento ofendía a los norteamericanos (con los que se mantenían a la sazón óptimas relaciones). Forqué aclaró a los censores que en la película no aparecía un solo norteamericano; los perversos explotadores de las minas de cobre eran ingleses. Los cretinos del lápiz rojo autorizaron entonces el filme, que en 1957 ganó el Oso de Plata en el festival de Berlín. La anécdota es harto significativa como muestra de la inepcia de aquellos majaderos, que hasta la llegada de García Escudero a la Dirección General de Cinematografía alcanzaron cotas de ridiculez inauditas. Con Fraga Iribarne en el Ministerio de Información, 1962, se suavizaron los criterios censores, fue promulgado un código de censura que, al menos, sirvió de orientación para la industria y un cierto aperturismo mejoró sensiblemente las actitudes cerriles de la etapa ministerial de don Gabriel Arias Salgado.

De este ministro, excelente persona, aunque preso de una obsesión moralizante del todo enfermiza, ha contado José María Pemán que durante una comida con varios escritores, a la que él asistía, uno de ellos le preguntó si era cierto que llevaba la contabilidad diaria de las almas que se salvaban gracias a su férrea censura en los espectáculos. El ministro eludió la respuesta, si bien recordó que, según santo Tomás, la libertad consiste en ejercitar sin trabas todos los bienes posibles, pero con expresa exclusión del mal.

También Pemán ha referido algunas de las tropelías que la censura cometió en su obra. Por ejemplo: en el guión de *La gitanilla*, Estrellita Castro pronunciaba un conjuro, que terminaba diciendo *amén*. Esta palabra fue tachada, sin que nadie supiera por qué.

Más divertida aún es la anécdota que el propio escritor (nada dudoso en cuanto a ortodoxia religiosa y filiación política) refiere en *Mis almuerzos con gente importante*. En determinada escena de un guión suyo, se decía en un aparte: «Se besan apasionadamente.» El severo censor tachó el adverbio *apasionadamente*. Y se preguntaba Pemán si pensaban colocar un vigilante, para que cronometrase la duración y la intensidad del beso, hasta decidir si era o no apasionado.

Muchas veces, lo peor de todo no era la censura estatal, sino la simultánea de la Iglesia. Ésta no se contentaba con clasificar moralmente las películas (1, las que podían ver todos los públicos; 4, las gravemente peligrosas), sino que a través de sus miembros en la Junta de Censura, mantenía posturas de extrema intransigencia. Lo que mayormente obsesionaba a los clérigos censores eran las exhibiciones anatómicas de las artistas, por pequeñas que fuesen.

Semejante obsesión se centraba muy especialmente en la publicidad de las películas. Un selecto equipo de celantes de la moral retocaba los escotes de las actrices en los carteles y en las viñetas periodísticas para subirlos, o para bajarles las faldas, según los casos. En su manía persecutoria, llegaban a cubrir los torsos desnudos de los hombres (por ejemplo, de los boxeadores) con camisetas dibujadas en tinta china.

Esta influencia eclesiástica en la censura se produjo con la misma intensidad en los libros. Por exigencia personal del entonces cardenal primado, a Rafael García Serrano le retiraron del mercado su espléndida novela *La fiel infantería*, que había ganado aquel año el Premio Nacional de Literatura. Según el ilustre purpurado, en la novela se decían muchas palabrotas y aparecían escenas de burdel. Tampoco en este caso el autor ofrecía duda alguna respecto a su fidelidad falangista. Años más tarde reeditó el libro en su versión original, con subrayado de las frases prohibidas; la gilipollez de los censores resultaba palmaria.

Como además en este país existen muchas susceptibilidades y un corporativismo mal entendido, otro escollo que había que salvar era el de cualquier referencia a una profesión determinada, que pudiera considerarse injuriosa o simplemente irónica. La película de Rafael Gil *La guerra de Dios* (que ganaría el León de Bronce y el premio de la OCIC en el Festival de Venecia) estuvo suspendida durante unas semanas, como consecuencia de una denuncia del Colegio de Médicos. Razón: uno de los personajes era un médico de pocos escrúpulos deontológicos.

Luis G. Berlanga, uno de los directores más dañados por el cretinismo de la censura, comentaba en el cineclub de Salamanca cómo le habían prostituido demasiadas veces su obra, por «imposiciones previas del productor, autocensura, cortes posteriores del productor, del distribuidor, del censor de los Padres de Familia, del señor censor de Hijos de Buenas Madres, de tal o cual colegio profesional y zarandajas por el estilo».

Como era inevitable, la estupidez censora llegó a producir efectos contrarios, aumentando la presunta inmoralidad de las películas. En *Mogambo*, convirtió en hermanos al matrimonio Grace Kelly/Donand Sinden, para desvirtuar así la infidelidad de aquélla con Clark Gable. De modo que transformó un adulterio en incesto. En *Magdalena*, las chicas de un prostíbulo se trocaron, en la versión doblada al español, en actrices de una compañía teatral: indudable ofensa a una dignísima profesión.

Y en *Las nieves del Kilimanjaro*, unas frases de amor desesperado se transformaron, dobladas, en pía oración. Y en *El ídolo de barro*, un marido resultaba transmutado en padre, para que no sufriera la traición de su mujer. Y en *Mujeres soñadas* se cortó el plano de la espalda desnuda de Gina Lollobrigida cuando entraba en la bañera.

Especialmente grotesca fue la intervención de la censura en la adaptación cinematográfica que hizo Fernán-Gómez de la comedia de Muñoz Seca *La venganza de don Mendo*, dirigida e interpretada por él mismo en 1961, donde había una escena, trasunto fiel de la obra original, en la que mientras don Mendo, convertido en trovador, recita un romance, la mora Azofaifa baila una danza del vientre.

Para el papel de la odalisca fue contratada la guapísima Naima Cherky, una danzarina árabe que actuaba con enorme éxito en el cabaret Morocco, de Madrid, y que a diario ofrecía, como número fundamental de su repertorio, precisamente la danza del vientre. Según recuerda el propio Fernando, los caballeros pudientes de provincias se desplazaban a la capital para verla y los pudientes madrileños de buenas costumbres iban a diario.

A Fernán-Gómez se le ocurrió que podía tener gracia que el trovador recitase al ritmo del ombligo. Que el ombligo iba lento, el trovador recitaba lento. Que el ombligo se desmadraba, se desmadraba el trovador. El gag quedó muy divertido en el montaje.

Pero resultó que uno de los censores, sigue recordando Fernando, tenía fijación umbilical y cortó casi todos los planos del ombligo de Naima, con lo cual en la película no se entendía bien por qué el trovador recitaba unas veces de prisa y otras despacio.

*

Con tanta majadería, se creó tal complejo en el público, que en muchas ocasiones se imaginaban cortes donde no los había. Circuló la guasa de que en *Cuando ruge la marabunta*, las oleadas de hormigas eran mujeres desnudas en la versión original. Y al estrenarse *Gilda*, muchos creían y hasta aseguraban que la famosa canción de Rita Hayworth, cuando con enorme sensualidad se quita un guante, estaba cortada, pues en la versión original hacía un strip-tease.

Gilda fue motivo de escándalo; las autoridades eclesiásticas hicieron públicas numerosas notas de protesta, lamentando que filme tan inmoral hubiese sido autorizado por la autoridad civil. Durante varios días, cuando se proyectaba en Madrid, grupos de muchachos defensores de las virtudes cristianas, alborotaron y arrojaron tinteros a la pantalla. Por cierto que aquellos comandos de la fe iban dirigidos por el padre José María Llanos, S. J., a la sazón todavía ferviente falangista.

*

Al escrito con el que se notificaba a los productores la resolución de la Junta se le llamaba *cartón de censura*, aunque no era estrictamente un cartón, sino un impreso, en cuyo dorso figuraban, en su caso, los cortes o modificaciones que debían hacerse en el guión. Allí podían leerse cosas como lo que sigue:

P. 6: Suprimir el beso de los novios, al final del baile.

P. 14: Suprimir la palabra *¡jolín!*

P. 23: Suprimir en el sermón del párroco todas

las alusiones a la actitud política del obispo de la diócesis.

P. 73: Luego de la frase en la que Zumalacárregui manifiesta su confianza en ganar la batalla, añadir *si Dios quiere*.

P. 97: El pijama que lleva puesto Amaya deberá estar abrochado hasta el cuello.

P. 108: Cuando Juan se entera de que el hombre a quien iba a matar se ha casado y dice: «Ya no es necesario; bastante castigo tiene con el matrimonio», sustituir la frase, lamentablemente despectiva con el sacramento, por esta otra: «Tendré que felicitarle.»

P. 119: Suprimir la palabra *braga* y sustituir la frase «Pepe me parece un invertido», por «Pepe es muy amanerado».

P. 126: Para demostrar su desagrado con el pretendiente de su hija, dice doña Salvadora: «No me gusta nada el novio de Amalita, porque tiene muy poco porvenir. Sólo es teniente de artillería.» Suprimir las palabras *sólo* y *de artillería*.

La interpretación de estos últimos cortes obliga a acudir a Freud. Podría entenderse que el quisquilloso censor no aceptara la alusión en el diálogo al parvo rendimiento económico de la carrera militar. Y sin embargo, amplió el comentario a toda la profesión castrense, prohibiendo tan sólo la citación expresa del arma de Artillería. ¿Quizás había prestado en ella su servicio militar y le tenía especial cariño? ¿O se trataba de un suboficial artillero que, como algunos otros, estaba pluriempleado en la censura? Misterio.

*

Todos padecimos disparates semejantes. Disparates que, como estamos comprobando, a veces llegaban al delirio.

En cierta ocasión hice una entrevista a Cesáreo González para el semanario *Triunfo*. La ambientaba explicando cómo era su despacho de presidente de Suevia Films y, entre otros detalles, contaba que sobre su mesa había una foto de Franco, enmarcada en plata y con una dedicatoria autógrafa que decía: «Al entusiasta productor Cesáreo González, que tanto bien ha hecho al cine español.»

El lápiz rojo del censor de turno tachó con saña ¡la frase autógrafa del Caudillo! Es decir, no me censuró a mí sino a él. Cuando, naturalmente perplejo, quise conocer las razones de tan extraña decisión, el responsable, que era un pobre funcionario de segunda, pluriempleado en la censura, me dio la siguiente y asombrosa explicación:

—Es que si se reproduce esa frase, parecerá que Su Excelencia hace publicidad a las películas de Cesáreo.

Sin embargo, el colmo de la estolidez censora estaba todavía por llegar. Y llegó meses después de vivir yo la anterior anécdota. Como es sabido, Franco publicaba de cuando en cuando artículos en el diario *Arriba*, generalmente sobre temas relativos a la masonería que, como es lógico, firmaba con seudónimo. Pues bien, el censor del periódico prohibió totalmente uno de ellos, cuyas galeradas le habían sido remitidas para su conocimiento.

Pese a ello, siguió en su puesto. Y quién sabe si no le felicitarían por su celo, compatible y hasta probado con la confusión sufrida.

EL CINE REPUBLICANO

El día 14 de abril de 1931 se proclamó en España, entre un desbordante entusiasmo popular, la Segunda República. Comenzó siendo «La niña bonita» para convertirse pronto en el «No es eso, no es eso» de quien había sido uno de sus más fervorosos partidarios, don José Ortega y Gasset.

Durante los tres primeros años del nuevo régimen, el cine español no modificó en nada sus anteriores planteamientos. Continuó chato, zarzuelero, melodramático y cursilón. La única película especialmente acorde con la ideología republicana, *Fermín Galán*, exaltación triunfalista del militar sublevado en Jaca contra la monarquía, resultó malísima y fue un fracaso comercial.

A finales del mismo año 31 se celebró en Madrid el I Congreso Hispanoamericano de Cinematografía, proyectado durante los últimos meses del anterior régimen. Entre otros acuerdos, se tomó el de recabar del Estado una protección económica directa para las películas nacionales y celebrar un nuevo Congreso cuanto antes. El primero de esos acuerdos tardó nueve años en cumplirse; el segundo, diecisiete.

En 1933 se rueda la primera película hablada enteramente en valenciano: *El faba Ramonet.* (Puede traducirse como *El bobo Ramoncito.*) Se trataba de la adaptación de un sainete, también en valenciano, de Luis Martí, dirigida por su propio autor en colaboración con Pepín Fernández y obtuvo un buen éxito comercial en la región. En ella debutó un muchacho llamado Ismael Merlo. Aquel Luis Martí, Luisito le llamaban todos en su tierra, era un personaje muy popular en Valencia, comerciante adinerado, escritor por vocación y tío carnal de Berlanga. Que se llama, todo entero, Luis García-Berlanga Martí.

Aquel mismo año se realiza en Barcelona otra película, *El café de la marina,* en doble versión, castellana y catalana, aquélla protagonizada por Rafael Rivelles y ésta, por Pere Ventallols. Basada en un poema dramático de Josep Maria de Sagarra, dirigida por Domènec Pruna (hermano del gran pintor Pere), constituyó un rotundo fracaso de público y crítica.

A lo mejor por eso pasaron muchos años sin que se realizasen ni se doblasen películas en catalán. Curiosamente, en pleno franquismo se repitió la experiencia, doblándose a la hermosa lengua de *mossèn* Cinto, entre otras, *Verd madur* (en la versión castellana, *Siega verde,* 1960), *La filla del mar,* sobre la famosa obra de Guimerà, en 1961, y *En Baldiri de la Costa,* con el popular actor catalán Joan Capri, en 1965. Tampoco cosecharon ningún éxito y fueron ampliamente superadas en taquilla por las versiones castellanas. Quizás le convenga conocer estos antecedentes al señor Pujol, que se ha empeñado en llenar las pantallas de su territorio con películas en catalán.

Año clave para el cine nacional en la época republicana fue 1934. Porque Cifesa, la empresa valenciana fundada en 1932, después de haberse dedicado en un principio tan sólo a la distribución, abordó la producción de películas. Y lo hizo a lo grande, casi con fórmulas propias del cine americano, y desde luego muy por encima del raquitismo industrial hasta entonces imperante en el español.

El accionariado de Cifesa había sido suscrito en buena parte por pequeños partícipes. El capital modesto confiaba, por tanto, en el negocio del cine más que los representantes de las altas finanzas. Ya se había intentado atraerle cuando, también en 1932, los promotores de los estudios de Aranjuez animaron a los inversionistas humildes mandando un camión de propaganda a recorrer España, con un gran cartel publicitario donde se leía: «¡Españoles! España está en manos del cine extranjero.» Tan patriótica exhortación, dio sin embargo escaso resultado; la necesaria financiación no se cubrió y los estudios terminaron embargados por los acreedores.

Cifesa, en cambio, logró ya un buen éxito comercial con su primera producción, *La hermana San Sulpicio*, interpretada por Imperio Argentina, que cobró ella sola la cuarta parte del presupuesto total de la película, que era de cien mil pesetas (otras fuentes aumentan la cifra). Animada por tan feliz comienzo, la empresa produciría nueve películas más hasta julio de 1936. Por vez primera podía hablarse de una empresa con auténtica envergadura industrial y buen olfato comercial.

Sin duda animadas por tan óptimos resultados, aparecieron nuevas productoras: Procines, también en Valencia; Meyler, en Bilbao; Orphea, Febrer y Blay, Selecciones Capitolio, en Barcelona. Atlantic Film, Exclusivas Diana, ACE y Filmófono, en Madrid. Esta última iba a ser la que con mayor ambición intentaría emular la irresistible marcha de Cifesa. Que para entonces ya contaba con una filial en Buenos Aires y exportaba sus películas a varios países hispanoamericanos.

Filmófono había sido fundada como importadora y distribuidora de películas; pronto llegó a tener, además, una magnífica red de locales de exhibición en la capital de la República. Y un extraordinario jefe de publicidad: el dibujante Enrique Herreros. Su virtual propietario, Ricardo M. de Urgoiti, solicitó la colaboración de Luis Buñuel, que comenzó dirigiendo el cineclub Proa-Filmófono, para acabar organizando en la empresa la producción de largometrajes.

Sin embargo, el realizador aragonés no quiso figurar como director de ninguna de las cuatro películas que Filmófono produjo hasta julio del 36. Quizás porque aún le escocía su tropezón con la censura, quizás porque no las considerara de suficiente categoría artística. Así que aunque fuera él quien virtualmente las dirigió, prestaron su nombre como directores jóvenes valores del cine de la época, que en realidad habían sido ayudantes suyos.

Don Quintín el amargao se anunció como realizada por Luis Marquina, ingeniero industrial, hijo del famoso poeta Eduardo Marquina. Fue un éxito comercial, lo mismo que el siguiente título, *La hija de Juan Simón*, cuya autoría se adjudicó esta vez a José Luis Sáenz de Heredia, que firmó asimismo *¿Quién me quiere a mí?*, película con niña-cantante (estaba en plena apoteosis la popularidad de Shirley Temple). De la relación Buñuel/Sáenz de Heredia nació una buena amistad entre ambos, gracias a la cual, Sáenz de Heredia pudo salvar su vida en los primeros días del Alzamiento militar, cuando Buñuel intercedió por él y le liberó de la checa donde estaba detenido.

El último título producido por Filmófono fue *¡Centinela, alerta!*, un vehículo para lucimiento de Angelillo, cantante entonces muy famoso. Esta vez fue Jean Gremillon el elegido para figurar como director. Pero, según Fernández Cuenca en su *Historia del cine*, el francés se negó a que su nombre apareciera como realizador del filme, que se estrenó sin que en los títulos se hiciera constar quién la había dirigido. Circunstancia curiosa, ya que no es frecuente la existencia de películas de autor anónimo.

Parecía, pues, que se asentaba una industria, ya que la CEA, de la que ya se habló anteriormente, también mantenía un buen ritmo de producción. Pero los problemas no habían desaparecido del todo. La prensa especializada de la época alertaba sobre el peligro de una colonización del cine español, dada la avalancha de directores extranjeros —la mayoría mediocres— que había invadido la industria. En *Cinegramas* se publicó un editorial, con el sobrecogedor título de «Hace falta una censura». No se refería a una censura sobre temas morales, sino para controlar las lamentables versiones dobladas de películas extranjeras que había que padecer. Así que se pedía, ¡por amor de Dios! *(sic)*, la defensa del idioma español.

Y eso que el doblaje no estaba todavía generalizado. Una de las razones del éxito comercial de las películas españolas en los años 34/36 se debió (aparte el indudable gancho popular de bastantes de ellas) a que el espectador medio, en el que abundaban los analfabetos, sobre todo en las zonas rurales, prefería ver a Antoñita Colomé hablando con acento andaluz, que a Greta Garbo haciéndolo en inglés y con letreros.

Los grandes éxitos comerciales fueron para Cifesa, con *Nobleza baturra*, *La verbena de la Paloma* (donde, por vez primera, se incluyó una secuencia en technicolor), y por encima de todas, *Morena clara*, consagración definitiva de Imperio Argentina, junto al gracioso Miguel Ligero. Estrenada en el cine Rialto de Madrid, el 11 de abril de 1936, sólo con su proyección en este local ya amortizó el costo de producción, que había sido algo superior al medio millón de pesetas.

Al estallar la guerra civil, siguió proyectándose en los cines de ambas zonas. Aunque en la republicana se retiró de cartel en marzo de 1937, como represalia por la beligerancia franquista de sus protagonistas y de la propia Cifesa. Semejante reacción, ridícula e infantil, también se produjo en la zona nacional; allí se prohibió anunciar con sus nombres a los actores de Hollywood que se habían decantado en favor del gobierno del Frente Popular.

El 18 de julio de 1936 había tres películas en rodaje. De una, *El genio alegre* y de su curiosa terminación, ya hemos hablado. *Nuestra Natacha*, basada en la comedia de Casona, no llegó a estrenarse, al ser prohibida al término de la contienda. *Asilo naval*, que se estaba realizando en la Escuela Naval de San Fernando y que dirigía un ex boxeador, Tomás Cola, no se terminó.

Naturalmente, la guerra civil colapsó la actividad cinematográfica. En ambos bandos se dio mayor importancia a los documentales de propaganda y a los noticiarios que al cine comercial. Aunque pronto, en la zona roja los sindicatos intentaron reanudar el trabajo, sustituyendo a los empresarios productores, que en su mayor parte habían huido, pasándose a la zona franquista. Por el sistema de cooperativa se realizaron varios largometrajes, de escasos méritos. Además, los rodajes se eternizaban, no sólo por las lógicas dificultades del momento, sino porque artistas y técnicos no tenían ningún interés en terminarlos pronto, para evitar así el riesgo de ser llevados al frente.

El título que pudo ser más importante, *Caín*, dirigido por Santiago Ontañón, no llegó a concluirse. André Malraux realizó su tan celebrada *Espoir (Sierra de Teruel)*; pero ésta fue, en realidad, una película francesa, con intérpretes españoles.

Como en la zona nacional no había estudios de rodaje, Benito Perojo y Florián Rey, que también se habían pasado, tuvieron que marchar a Italia y Alemania para dirigir allí los cinco únicos largometrajes producidos durante la guerra en el bando franquista. Resulta curioso que en el extranjero realizase Perojo tres títulos tan formalmente españoles como *El barbero de Sevilla, Suspiros de España* y *Los hijos de la noche*.

Más difícil todavía: Florián Rey realizó en los estudios berlineses de la UFA (además de *La canción de Aixa*, muy endeble) nada menos que *Carmen, la de Triana*. Reconstruyó una Andalucía de dudosa verosimilitud y con extras y secundarios alemanes vestidos de bandoleros, contrabandistas de la serranía de Ronda, cigarreras y toreros, logró un título ciertamente estimable, que dio un excelente rendimiento comercial.

Por supuesto que los personajes principales corrían a cargo de españoles: Rafael Rivelles, Manuel Luna, Alberto Romea, José Prada. Y sobre todo, Imperio Argentina, la magnífica Imperio, que cantaba y bailaba como nunca. Dio, además, una asombrosa prueba de profesionalidad, pues de *Carmen, la de Triana* se hizo, al mismo tiempo, una versión alemana, con un reparto totalmente germánico. Menos la protagonista; ya que Imperio, que no hablaba alemán, fue capaz de aprenderse de memoria y de saber pronunciar en alemán todos los diálogos.

Se ha contado muchas veces, incluso por ella misma, que Hitler tuvo especial interés en conocerla. Y que al Führer le cayó muy bien en la cordial entrevista que celebraron. Ya es pura fantasía, leyenda falsa, que le hiciese la menor proposición sentimental. No estaba para devaneos Imperio, que precisamente por entonces comenzó su idilio con

Rafael Rivelles, pronto transformado en lo que hoy se llama romance con unión estable. Y que, lógicamente, supuso la separación de Florián Rey, su marido, y el posterior divorcio.

Aunque la estabilidad de la unión con Rivelles fue relativa; cosa de cuatro o cinco años. (Claro que para las costumbres actuales, resultó casi un récord.)

*

Del cine republicano puede decirse lo mismo que algunos censuran del franquista: que no se planteó los problemas sociales de su tiempo. Aquel tiempo convulso que abarca cinco años, 1931/1936, cargados de tensiones: huelgas generales; escándalos políticos como el de Casas Viejas, con su secuela de muertos; el ensayo general para la guerra civil que fue la revolución de Asturias; los enfrentamientos callejeros, a tiro limpio, entre comunistas, socialistas y falangistas; la grotesca sublevación de Companys, en Barcelona; el creciente paro obrero; incluso el hambre en algunas zonas agrarias.

Mientras el país vivía en semejante clima, las películas insistían en temas siempre gratos: sainetes cómicos, musicales más o menos fastuosos, melodramas con monjas y niños, reediciones de asuntos taurinos, aventuras de bandoleros generosos, zarzuelas, historias galantes con gentes de frac en lujosos cabarets. Ninguno de los éxitos cinematográficos del período tuvo que ver con los problemas de la España real.

Y a propósito de éxitos: la mayoría de historiadores coinciden en que quizás la mejor película de este período fue *La traviesa molinera,* adaptación de *El sombrero de tres picos,* de Alarcón, cuyos diálogos escribió Neville. Su director era francés: Harry Abbadie d'Arrast.

TERMINAN LOS PLANOS CORTOS

La mayoría de los artistas de cine se han dedicado a esta profesión desde muy jóvenes. Otros, generalmente los hoy maduros, comenzaron en el teatro. También abundan los que, fieles a su vocación, estudiaron en la antigua Escuela Oficial de Cinematografía o en el Conservatorio, o con alguno de los profesores que preparaban a los muchachos/as con vocación artística.

Pero hay también quienes derivaron hacia la interpretación cinematográfica desde oficios absolutamente alejados de éste. Así, por ejemplo, Manolo Morán, que era agente de seguros y Fernando Rey, que estudiaba arquitectura. Ambos dieron un giro radical a sus vidas, como consecuencia de la guerra civil.

José Luis López Vázquez era dibujante, figurinista y escenógrafo. María Vico, camarera en la cafetería Fuyma, que hasta hace pocos años seguía abierta en la Gran Vía madrileña. José Suárez, revisor en los ferrocarriles cortos asturianos. Paco Rabal, electricista de los estudios Sevilla Films. José Bódalo, locutor deportivo en Venezuela. Pepe Blanco, taxista en Logroño. Fernando Sancho, militar, oficial mutilado de la Policía Armada. Teresa Gimpera, modelo de spots publicitarios. Maruchi Fresno, estudiante de Filosofía y Letras. María Jiménez, empleada de hogar.

Y María Félix trabajaba en la clínica de un cirujano plástico, en México D. F.; el doctor la mostraba a sus clientes, asegurando que había operado su nariz, sus orejas y su cuello. Las inocentes señoras se lo creían y, como es natural, aspiraban a convertirse, en manos de aquel médico prodigioso, en bellezas tan fascinantes como María.

*

Para interpretar el papel de protagonista de *Novio a la vista*, la primera película que Berlanga dirigió en solitario (*Esa pareja feliz* la había realizado en colaboración con Bardem), hacía falta una jovencita de unos quince o dieciséis años. Como no se encontró en España ninguna que satisficiera al realizador, se buscó en Francia. Luis, que es un experto (teórico, aclaro) en *Lolitas*, eligió en seguida a una *starlette* que por entonces comenzaba a hacerse notar en las revistas francesas. Sin embargo, a Perojo, que era el productor, no le gustó. Y se decidió por una tal Josette Arnó, rechonchita y sosa, que no pasó de discreta en su interpretación y de la que después nunca más se supo.

La escogida por Berlanga se llamaba Brigitte Bardot.

*

Según un estudio sobre el tratamiento que el cine italiano daba a la mujer en el período 1960/1971, publicado en la revista *Cineforum* en 1978, las estadísticas eran éstas:

La mujer como objeto: 90 % de veces en los argumentos.
La mujer vampiresa, perdición de los hombres: 7 %.
La mujer viriloide: 4 %.
La mujer problemática: 4 %.

Después dirán que los españoles somos los más machistas...

*

En el rodaje de *Catalina de Inglaterra*, algunos actores secundarios iban abandonando su trabajo a medida que les vencían los contratos, aunque no hubiesen terminado de interpretar sus papeles, porque la productora no tenía dinero para seguir pagándoles el correspondiente prorrateo.

Se trataba de una película histórica, naturalmente. Y Arturo Ruiz-Castillo, su director, aseguraba que los sustituía por caballos. Quería decir, aumentando el número de planos de batallas, galopadas y otras escenas donde sólo aparecían extras.

*

Ese pase absolutamente en redondo que ahora dan muchos toreros, girando alrededor del toro hasta completar la circunferencia, se desconocía hace cuarenta años. La primera vez que se vio fue en la película *Currito de la Cruz,* interpretada por Pepín Martín Vázquez, y era un truco de montaje que se inventó el director, Luis Lucia.

*

Otra de Guadalupe Muñoz Sampedro. La habían contratado para interpretar un papel en el que debía canturrear una canción. Muy contenta, ya que de joven había sido tiple, escribió a su hija Luchy Soto contándoselo. Y le decía: «Al final te pongo la música, para que veas lo bonita que es.»

Efectivamente, al terminar la carta, puso: «*La, la, tralará, lará, la, la.*» Y se quedó tan campante.

*

Después de *Novio a la vista,* a Berlanga le propusieron dirigir una película, cuyo argumento aún había que decidir, pero que arrancaba con el pie forzado de que debía ser forzosamente folclórica, ya que la productora tenía contratada en firme para interpretarla a la guapa canzonetista Lolita Sevilla.

Luis dijo que bueno, se puso a trabajar con Bardem y Miguel Mihura en el guión y aquel proyecto de filme folclórico se convirtió en *¡Bienvenido, míster Marshall!* Donde Lolita Sevilla canta algunas canciones, aunque bastantes menos de las previstas.

Los inteligentes miembros de la Junta de Clasificación consideraron *Bienvenido* como Segunda A.

Después, la película fue exhibida en el Festival de Cannes (seleccionada por los franceses, claro está) y ganó el Premio Internacional de la Crítica Internacional y entusiasmó a los más exigentes tratadistas europeos. Se repuso en el cine Callao (donde, al estrenarse, había tenido una aceptación nada más que discreta) y allí se pasó meses y meses, aclamada por el público. La Junta de Clasificación, obvio, tuvo que rectificar su inicial apreciación.

*

La primera actriz española que al cabo de muchos años apareció ante las cámaras en pelota viva (lo que finamente se define como «un desnudo integral») fue María José Cantudo, en *La trastienda* (1976).

Por exigencias del guión, naturalmente.

*

Hace treinta años, quizás más, era frecuente que de ciertas secuencias de las películas españolas se hiciesen dos versiones. Una, casta, pudibunda, amoldada a las exigencias de la censura y otra, más descocada, con destino a las copias que se exportaban al extranjero. O sea, que si aquí veíamos, es un decir, a Analía Gadé en camisón, fuera podían gozar con la contemplación de su cuerpo medio desnudo.

De *Las melancólicas* (1972) también se hicieron dos versiones. La película se estrenó en Santiago de Compostela y obtuvo un éxito indescriptible. Hasta el punto de que se organizaban caravanas de autobuses desde toda Galicia hacia la capital compostelana y era necesario adquirir las entradas del cine con varios días de anticipación.

Picado por la curiosidad, el alcalde de la ciudad fue un día a ver *Las melancólicas*. Y se encontró con la sorpresa de que en la película no sólo abundaban los desnudos, sino también las escenas de lesbianismo, presentadas con toda crudeza.

Sucedió que, por un error, se había enviado a Santiago la copia prevista para el extranjero. Ni que decir tiene que se retiró en seguida y hubo sanciones para los responsables de la confusión. Que, por cierto, no había sido malintencionada.

*

En *El fenómeno*, Fernando Fernán-Gómez hacía de futbolista. Una secuencia del filme, que transcurría durante un partido, se rodó en el desaparecido Estadio Metropolitano. Su propietario, el Atlético de Madrid, accedió a que Fernando saltara al terreno de juego, junto con los demás componentes del equipo, la tarde que se jugaba un encuentro de homenaje a Mencía.

Con la natural sorpresa, el público, que no estaba en antecedentes, se extrañó de que fuesen doce los jugadores atléticos. Algunos pensaron que aquel pelirrojo era un fichaje del club. Más se asombraron cuando comenzó el partido, el delantero centro rojiblanco cedió el balón al desconocido compañero (que actuaba como interior izquierda) y éste, en cuanto vio que se le acercaba un jugador del Newcastle, que era el rival en el homenaje, salió corriendo hacia el vestuario. Pitó el árbitro, se acabó la escena y comenzó el partido de verdad.

Aquella misma tarde, antes de comenzar el encuentro, estaba Fernán-Gómez, ya vestido de futbolista, sentado tranquilamente a la puerta de los vestuarios y fumándose un pitillo. Uno de los jugadores ingleses se le quedó mirando, espantado. Los del Atlético, que naturalmente, estaban en el ajo, le explicaron que se trataba de un fuera de serie, un fenómeno del balón, a quien el entrenador dejaba hacer lo que le daba la gana...

*

En el rodaje de *Orgullo y pasión*, centenares de vecinos de Ávila fueron contratados como extras para que intervinieran en la secuencia de la batalla frente a las murallas de la ciudad.

Uno de aquellos extras fue Adolfo Suárez, años más tarde presidente del Gobierno.

*

Era una actriz ya madura, todavía guapa y de buen ver, incluso apetitosa (con perdón). La habían contratado para actuar en una coproducción hispano-italiana, en aquellos años sesenta, cuando tantas se rodaron. Aunque la aportación española era por lo común tan escasa, la mínima para cumplir las condiciones legales, que la gente comentaba que en semejantes coproducciones, los extranjeros ponían la producción y nosotros la co.

Pues la actriz, llamémosla Juliana Rigat, fue debidamente aleccionada por su colega, la hermosa e inteligente rubia María Martín, que tenía larga experiencia sobre Italia y los italianos.

—Piensa que allí las costumbres son muy distintas a las nuestras, que hay una gran libertad sexual y cosas que aquí todavía escandalizan, se consideran normales. O sea, que si un hombre te propone irte con él a la cama, lo que ellos llaman *fare l'amore*, no debes ofenderte ni mucho menos reaccionar a lo hembra ibérica tradicional. Simplemente sonríe, contesta que no te apetece y asunto concluido. Pero, por favor, nada de arranques raciales.

Aprendióse la lección Juliana Rigat. De modo que durante el cóctel que la productora ofreció en Roma al equipo artístico del filme no se turbó en absoluto cuando un elegantísimo caballero, moreno, ojos verdes, pelo entrecano, se le acercó muy sonriente y le preguntó cuál era su apellido. Lo cual se dice en italiano:

—*Scusi, signora, com'è, il suo cognome?* (Se pronuncia *coñome*.)

Recordando los consejos de María, y sin tener idea de la lengua del Dante, le respondió muy tranquila:

—Corrientito, como todos.

*

Los cuatro Robinsones fue una de las primeras películas que se rodaron en España, después de la guerra civil, cuando ya comenzaba a notarse la escasez de alimentos. En una de las secuencias, aparecía sobre el agua de un arroyo una exquisita variedad de manjares, que el protagonista, uno de los cuatro perdidos en la isla, creía ver en la alucinación provocada por el hambre que estaban pasando.

Al positivar la toma, al día siguiente, resultó defectuosa, por lo que había que repetirla. No pudo hacerse; la langosta, el faisán, el jamón, habían desaparecido. El administrador de la producción se los había comido la noche anterior, en compañía de sus familiares.

*

Antonio de Lara, *Tono*, también osó dirigir cine. Y como era uno de los más grandes humoristas del país, pues nada, lo lógico: se estrenó con una película dramática titulada *Canción de medianoche*. Con los resultados previsibles. Tres años después reincidió, pero esta vez llevando a la pantalla un argumento suyo, *Habitación para tres*. Que, claro, quedó muy divertida, habida cuenta de la modestia de la producción.

Contaban que Tono era también muy original dirigiendo. Que le colocaban las luces, situaba la cámara, explicaba los movimientos de los actores y revisaba el decorado, después de lo cual, le decía a su ayudante de dirección:

—Venga, a rodar. Haz cuatro tomas; la buena será la segunda.

Y se marchaba al bar de los estudios, a jugar al futbolín, que estaba entonces muy de moda.

*

En su época de máximo esplendor como galán, 1943, Alfredo Mayo cobró por *Arribada forzosa* doscientas mil pesetas, que hoy serían alrededor de veinte millones. (No sé cuántos euros.) Aquel mismo año recibió más de cincuenta mil cartas de sus admiradoras.

Para que presuma Antonio Banderas. Claro que en aquellos tiempos estaban mucho más baratos los correos. O, para ser fieles a la época, los «franqueos».

*

La popularidad de Alfredo comenzó en 1941 con *¡Harka!*, una buena película de Carlos Arévalo, donde por vez primera vistió el uniforme militar, que tanto repetiría a lo largo de su carrera.

El filme contaba una historia ambientada en la guerra de Marruecos. Pero como por entonces nuestras relaciones con el Protectorado (hoy reino alawi de Hasan II) eran óptimas, la censura no permitió que salieran soldados españoles disparando contra los moros (hoy magrebíes) ni viceversa. Así que en las escenas de las batallas nunca se veía al enemigo en la trinchera de enfrente.

*

Nos consta a todos que Alfredo Landa es un extraordinario actor. Pero lo que pocos saben es que (según José Luis Garci, que además de colosal director de cine se considera gran especialista en coctelería) se trata de la persona que mejor prepara los dry-martini.

*

Tyrone Power murió en Madrid, víctima de un infarto, durante el rodaje de *Salomón y la reina de Saba*. Quiso ensayar personalmente, es decir sin doble, la secuencia de un duelo a espada y parece que el esfuerzo provocó el fallo de su corazón.

Curiosamente, le sustituyó el actor que menos se le parecía, tanto física como artísticamente: Yul Brinner. A quien hubo que colocarle un precioso peluquín cubriendo su mondo y lirondo cráneo.

*

En 1945 llegó a España una actriz italiana, de belleza dulce, muy agradable en su trato, con una cultura respetable, que tardó poco en ser contratada como protagonista de *El emigrado* y que desde entonces no dejó de trabajar. Se llamaba Miriam Day.

Mejor dicho, usaba ese seudónimo. En realidad, se apellidaba Petacci, ya que era hermana de Claretta, la amante de Benito Mussolini, que murió con él, fusilada por los partisanos. Y cuyo cadáver, también junto al del Duce, fue expuesto al público, colgado cabeza abajo en una gasolinera de la milanesa *piazzale* Loreto.

Pocos años más tarde, Miriam Petacci regresó a Roma, después de que su familia le ganase un pleito al Estado italiano y consiguiera la restitución del patrimonio que le había sido expropiado.

*

Los puñetazos que se dan en las películas suelen ser simulados o corren a cargo de especialistas, esos magníficos profesionales capaces también de caer de un caballo a galope, o de tirarse por la ventana de un tercer piso, sin sufrir (casi nunca) lesiones de consideración.

Más difícil resulta fingir las bofetadas. Pues se dan con la cámara encima y a rostro limpio. Claro que procurando dulcificar el sopapo en lo posible. De todos modos, la famosa de Glenn Ford a Rita Hayworth, en *Gilda*, tuvo que hacerle daño.

Lo peor ocurre cuando la toma no es buena a la primera y hace falta repetirla. Contaba Negrete que en una de sus películas tuvo que recibir seis bofetones consecutivos, hasta que el director dio por válido el plano. Peor le fue a Elena Salvador, que en *La vida encadenada* aguantó ocho. Menos mal que se los propinaba Ana Mariscal, que no tenía precisamente la pegada de Mike Tysson.

*

Cuando a Fernando Fernán-Gómez le entregaron el guión de *El espíritu de la colmena*, la película que dirigiría Víctor Erice y para la que acababan de contratarle, lo leyó varias veces con todo empeño, pero no consiguió entender nada. Así que consultó al productor, Elías Querejeta:

—Dile a Erice que si cree que puedo interpretar mi papel en esta película, a pesar de que no lo entiendo.

A poco, Querejeta le tranquilizaba:

—Dice Víctor que no te preocupes; que lo harás muy bien, aunque no lo entiendas.

El espíritu de la colmena es uno de los tabúes del cine español. Los jóvenes críticos no dudan en considerarla una de las mejores películas de la historia y los eruditos de la progresía, también. Si bien yo pienso que por su críptico planteamiento y su soterrado mensaje, a la mayoría del público le ocurre lo que a Fernán-Gómez: no la entiende.

Aunque difícilmente lo confiesa, para no quedar mal. Por otra parte, desde el punto de vista plástico, el filme es bellísimo.

*

Ignacio F. Iquino siempre tuvo fama de director inteligente, hábil y muy al tanto de la temática que importaba en cada momento. Fue también notorio su escrupuloso sentido del ahorro durante los rodajes; bastantes lo consideraban simplemente tacañería.

Para una de las singulares coproducciones que organizaba, se trajo de Alemania al galán Viktor Staal. El primer día de trabajo, el actor vio que llegaba la hora del almuerzo, que nadie le indicaba dónde podía hacerlo y que los trabajadores del estudio sacaban sus bocatas y se ponían a comer con entusiasmo. Al interesarse por la cafetería o por el restaurante, le desilusionaron:

—¡Pero qué dice usted, hombre de Dios! Aquí no hay de eso. Aquí cada cual se trae su bocata; los artistas, también.

*

Rodando Fernán-Gómez en Barcelona *Vida en sombras*, película modestísima y casi experimental, que también se ha convertido en una de las predilectas de las últimas hornadas de críticos/comentaristas, llegó un momento en que debía dos meses de hotel. Porque los productores llevaban aún más tiempo sin pagarle su sueldo, claro.

Tuvo que rogarles con cierta energía que le anticiparan algún dinero a cuenta. En un sobre de tarjeta de visita le enviaron al hotel veinticinco pesetas.

*

Aunque en todas partes cuecen habas, como suele decirse. La United Artists, famosa productora americana de la que fueron socios fundadores Douglas Fairbanks, Mary Pickford y Charles Chaplin, debía en 1947 más de un millón de dólares. A Charlot no le preocupó demasiado la noticia que le transmitió por carta la Pickford, de que los bancos se negaban a darles más créditos: tenía a punto de estrenar *Monsieur Verdoux* y confiaba en que, como siempre ocurría con sus películas, produjera beneficios de varios millones.

Pero el filme fue un fracaso comercial y la United se tambaleó. Chaplin y la Pickford tuvieron que vender parte de sus acciones para sacarla adelante.

*

Durante muchos años, Riscal fue punto de encuentro de la gente del celuloide. Resulta difícil definir aquel local; por supuesto, restaurante y excelente, donde su dueño, Alfonso Camorra, servía unas paellas heterodoxas por sus ingredientes (como la mayoría de las que se cocinan fuera de Valencia), aunque absolutamente suculentas.

Pero si a la hora del almuerzo el restaurante sólo tenía esa dedicación, por las noches se transformaba en sala de fiestas, donde seguían sirviéndose comidas (y hasta la madrugada, lo cual constituía uno de sus alicientes), al tiempo que se podían tomar copas y bailar en una pista pequeña, al ritmo estupendo de Los Galindos.

Y también cabía entablar conocimiento con unas señoritas muy guapas, estupendas de tipo, elegantes y regularmente discretas, que iban apareciendo a medida que la noche avanzaba y se sentaban y bebían whisky a la espera del guiño picaruelo del pudiente señor de provincias que andaba por Madrid, arreglando papeles en el ministerio, o del vecino de la capital que echaba su canita al aire.

Lo bueno que tenía Riscal era que estas piculinas de lujo resultaban compatibles con los muchos matrimonios serios que habían ido sencillamente a cenar o a darle al bolero, a la samba y al cha-cha-chá, que entonces tanto se llevaba. Otra ventaja, ésta para los ligones, consistía en que, si ajustaban condiciones con la moza en oferta, no tenían que aguardar a que el local se cerrase (como ocurría en los cabarets al uso), sino que podían marcharse camino del tálamo en cualquier momento. Solía ocurrir que las contratadas tempranamente regresaran, una vez despachado el coito, con tiempo suficiente para intentar el doblete.

Eran asiduos de Riscal, como dije al principio, productores y artistas y escritores y lo que se conocía como gente bohemia, que entonces aún la había. Tampoco faltaban casi ninguna noche las huesudas, aunque muy elegantes, modelos, también les decían maniquíes, de los talleres de alta costura, tan importantes a la sazón en Madrid: Vargas Ochagavía, Balenciaga, Elio Bernhayer, Pertegaz, Marbel. Tenían sus adoradores fijos, que las invitaban a cenar en la confianza de que solamente pedirían una ensalada de lechuga, para seguir flacas, como su oficio exigía.

En invierno, los salones de Riscal estaban en la planta baja de la calle que daba nombre al establecimiento. Cuando llegaba el buen tiempo, se abría la terraza, una terraza cubierta, decorada con motivos más o menos tropicales, de una de cuyas paredes colgaba un espléndido dibujo de Enrique Herreros, que recogía el ambiente del local, con las caricaturas de Camorra y sus más fieles clientes debidamente colocados en sus mesas reservadas.

Nunca se produjo ningún escándalo gordo en Riscal, lo que aumentaba su prestigio entre la burguesía adicta. Si alguna noche, cualquier visitante ocasional (a los asiduos jamás se les hubiera ocurrido crear problemas) intentaba propasarse, incitado por el exceso de sangría o de champán, Palomero, el maître, que tenía aspecto de boxeador retirado, eficazmente ayudado por los porteros, se quitaba de en medio al alborotador con limpieza y prontitud.

Los industriales de la cinematografía celebraban muchas «comidas de trabajo» en Riscal, que obviamente abonaban con letras de cambio. La colección de autógrafos famosos estampados al pie del *acepto*, que Camorra conservaba era impresionante. Sabía el buen mesonero que cuando llegase la clasificación de la película en rodaje o se contratara su distribución, le serían liquidadas todas las facturas. A veces, claro, fallaban las previsiones; pero eso formaba parte del riesgo del negocio, a cuyo prestigio y popularidad mucho ayudaban aquellos clientes tan conocidos.

En cierta ocasión, una distribuidora reciente, que había comenzado con gran éxito su andadura comercial, reunió en Madrid a un grupo de exhibidores de toda España, para presentarles las películas que formaban *su lote de oro* de la temporada y animarles a contratárselas en las debidas condiciones. Les ofreció un espléndido banquete en Riscal, al mediodía. A los postres, con el humo de los puros y la euforia de los licores animando a los invitados, comenzaron a llegar al comedor, reservado todo él para la distribuidora, las chicas más selectas del elenco nocturno de la casa.

Fueron recibidas, como es de suponer, con especial satisfacción por aquellos señores tan simpáticos, tan acaudalados y tan gordos. Que se alborozaron todavía más cuando el jefe de publicidad de la distribuidora les anunció, con su mejor sonrisa:

—Tengo el gusto de comunicarles que en la invitación de Distribuciones Interamericanas, S. A. se incluye también el gasto de cualquier clase, insisto, de cualquier clase, que puedan ustedes efectuar con estas gentiles señoritas.

Previamente, la distribuidora había concertado con la China, que era algo así como una representante o delegada o enlace sindical del colectivo de las muchachas, un tanto alzado por ocupación. Que (¿hace falta decirlo?) le sería pagado en letras de cambio, a treinta, sesenta y noventa días.

*

Otro local muy vinculado con el cine español de hace treinta años (y aún más) fue el Museo Universal de Bebidas de Pedro Chicote. Situado en los sótanos del famoso bar de la Gran Vía, del que fue asiduo Hemingway y que Agustín Lara inmortalizó en su chotis *Madrid*, cuando aún no lo conocía, era estrecho, angosto, de especial incomodidad cuando se reunían allí veinte personas.

Y muchas más se juntaban, cada vez que Cesáreo González o Benito Perojo o quien fuera convocaban a los medios informativos para asistir a la solemne firma del contrato con alguna ilustre estrella o con cualquier astro deslumbrante, que ritualmente siempre se celebraba allí. Se apiñaban periodistas y fotógrafos (gracias a que aún no había televisión; dudo que las cámaras hubiesen cabido) y el ambiente quedaba tan simpático como asfixiante.

La visita al Museo de Bebidas era obligatoria para

toda personalidad que llegaba a Madrid, fuese cual fuera su rango, categoría, estirpe o profesión. Por allí pasaron varios jefes de Estado, veintidós premios Nobel, escritores de fama mundial, políticos de toda especie, científicos ilustres, militares de la más alta graduación y los más diversos ejércitos. Y por supuesto, artistas.

El espaldarazo a la fama se recibía en el museo. Cuyo interés, por otra parte, era notorio. Chicote llevaba muchos años, desde sus tiempos de botones en el Ritz, coleccionando botellas. Fue después comprándolas en sus muchos viajes por el mundo; sus infinitos amigos, también de todo el mundo, le regalaron otras muchas. Así llegó a reunir más de veinte mil, todas diferentes, que contenían las bebidas más insólitas. La pieza máxima, la de más valor, de la que más orgulloso se sentía Perico, era una botella de coñac Napoleón de 1812. José María Ruiz Mateos adquirió la espléndida colección, ya fallecido Chicote, y estaba instalándola con especial cuidado en las Torres de Jerez, que eran también propiedad de Rumasa, cuando en 1983 se produjo el expolio de la sociedad. Entre los bienes incautados por el gobierno socialista figuraron los fondos de la vinacoteca. Nunca más se ha sabido de ellos. Vergonzoso.

Volvamos a las conexiones cinematográficas del museo. Contaba su propietario que las dos personas a las que había visto beber más y con más aguante fueron Ernest Hemingway (whisky) y Ava Gardner (dry-martini).

*

El público desconoce las dificultades, los problemas que tienen que resolver muchas veces técnicos y directores para conseguir planos que después, una vez vistos, se antojan sencillos. ¿Recuerdan la espléndida película de Camus *Los santos inocentes*? ¿Recuerdan aquella escena clave, tierna, entrañable, cuando la *milana bonita*, llamada por Paco Rabal se posa en su hombro?

Durante semanas, un especialista estuvo entrenando tres pequeñas grajas; las que se denominaban milanas en el guión. Paco iba a verlas de cuando en cuando, llevando puesta la misma gorra que tenía que lucir en la futura escena del filme. Y también se entrenaba con ellas. Pero ya comenzado el rodaje, dos se murieron. Sólo quedaba, por lo tanto, una y resultaba fundamental que actuase como estaba previsto, acudiendo al hombro de Rabal.

Llegó el día en que debía rodarse la escena; los nervios eran generales. Se colocó a la graja en el campanario de la iglesia, la llamó Paco, inició el vuelo hacia él, pero antes de llegar, se asustó marchando despavorida hacia otro lugar. Hubo que cambiar el orden del rodaje, para inventar algo que permitiese realizar el plano según lo previsto en el guión.

Entonces, casualmente, descubrió Rabal que al pájaro le encantaba el pollo crudo. Varias veces ensayó, mostrándole un muslo de pollo, que se escondía en el bolsillo superior de la chaqueta; la graja lo buscaba posándose para ello sobre su hombro. Y así pudo por fin rodarse y salió perfecto y todos nos emocionamos cuando, Paco, con el animalito junto al cuello, le dice:

—¡Milana bonita...!

*

Como supongo que nadie ignora, Ronald Reagan fue actor de cine e incluso protagonista de bastantes películas. Después dejaría Hollywood para dedicarse a la política y llegar a presidente de Estados Unidos.

Salvando las distancias (que son bastantes), aquí tuvimos también un excelente actor, José Suárez que, tras retirarse de la profesión cinematográfica, fue alcalde del pueblo asturiano de Aller.

*

Vittorio de Sica justificaba sus muchas interpretaciones en películas de escaso valor artístico alegando que el dinero que ganaba con ellas lo perdía después en sus realizaciones como director, cuyo éxito comercial no estaba muchas veces en consonancia con su calidad. *(El limpiabotas, Milagro en Milán, Ladrón de bicicletas.)*

En la Roma de los años cincuenta/sesenta abundaban también los productores que tenían la mala costumbre de pagar mal y tarde a los artistas. De Sica instauró un sistema muy eficaz para evitar morosidades: cada día de rodaje esperaba tranquilamente en la cama a que llegara el enviado de la productora con el dinero (en billetes del Banco de Italia) de la sesión. Asegurado el cobro, se vestía y marchaba a Cinecittà o donde tuviese que rodar aquel día.

Claro que las finanzas de Vittorio resultaban complicadas. Se había casado muy joven y tuvo dos hijos de su primer matrimonio. En 1940 conoció a la actriz catalana María Mercader y pronto se unió a ella; el divorcio no existía entonces en Italia y la pareja padeció sobresaltos y pleitos. Tuvieron un hijo, pudieron al fin legalizar su situación, pero entre pitos, flautas, la primera esposa y el Fisco, su gasto cotidiano era fabuloso.

A España vino en 1958, para repetir una vez más su famoso personaje de galán maduro seductor y casquivano, en *Pan, amor... y Andalucía*. Le encantaba que, cuando se dirigían a él, le diesen el tratamiento de *commendatore*. Porque lo era: como tantos millones de italianos más.

*

Para los que todavía piensan que eso de ser actor es cosa sencilla: Paco Rabal y Victoria Abril coincidieron en *Átame*, película dirigida por Pedro Almodóvar. La actriz tuvo que repetir casi sesenta veces una frase, hasta que la dijo a satisfacción del realizador. En un momento dado, desesperada, iban por la toma cuarenta y tantas, se quejó:

—Pero, bueno, ¿cómo quieres que la diga?

Y Almodóvar, sincero:

—Si es que yo tampoco sé cómo la tienes que decir...

En esa misma secuencia, Rabal repitió una frase más de treinta veces.

EL CINE, DURANTE EL FRANQUISMO

A partir de la transición a la democracia, se puso de moda denigrar de modo absoluto, global y sin excepciones, el cine realizado durante la que Tamames llamó «la era de Franco». En realidad se repudió todo lo que en España se había hecho durante los mal llamados cuarenta años (sólo fueron treinta y seis), especialmente en el campo cultural. Todavía bastantes ignorantes siguen hablando, a estas alturas de la fiesta, de un *páramo* literario y artístico. No les ha servido de nada que algunos, nada menos que con don Julián Marías en cabeza, les demostrásemos con abrumadores datos la falsedad de sus asertos.

Lentamente la realidad ha ido imponiéndose, aunque ciertos recalcitrantes, tan falaces como incipientes, continúen repitiendo el rayado disco. Sin querer enterarse de que durante el franquismo se dieron a conocer, por ejemplo y tan sólo en la novela, Camilo José Cela, Miguel Delibes, Gonzalo Torrente Ballester, José María Gironella, Ignacio Agustí, Ana María Matute, Elena Quiroga, Ignacio Aldecoa, Rafael García Serrano, Bartolomé Soler, Luis Romero, Carmen Laforet, Carmen Martín Gaite, Rafael Sánchez Mazas, Mercedes Salisachs, Ángel María de Lera, Sebastián J. Arbó, Torcuato Luca de Tena, Francisco García Pavón, José M. Sánchez Silva, Dolores Medio. Y bastantes más que harían demasiado larga la relación.

Bueno, la verdad es que no sé si estos comentarios vienen muy a cuento en el presente anecdotario cinematográfico. Pero es que, por convicción y por formación, siempre me repugnaron las injusticias. Y gran injusticia supone pretender que el régimen franquista esterilizó la cultura española.

Cuando siempre, el que tiene una moneda la cambia. Los que no la cambiaron entonces es que no la van a cambiar nunca. Es que no tienen —hay— moneda. Franco era su coartada, quizás ante sí mismos. Un dictador no puede con un artista. Lo más que puede es fusilarle, pero entonces le glorifica, o sea que no hay manera.

¡Ah, que no se me olvide! Todo el párrafo anterior no es mío, sino de Paco Umbral, en una de sus *Crónicas de Madrid*. Lo leí en *Las Provincias* del 7 de octubre de 1979, me encantó y lo archivé. Admiro yo mucho a Umbral, desde que comencé a leerle, hace ya tantos años. Además de escribir espléndidamente, es un gran sentimental, empeñado siempre y sobre todo en los últimos años, en parecer todo lo contrario. Pero ahí está, para quien no se lo crea, *Mortal y rosa*.

*

En fin. Estábamos en que se acaba, por fin, la guerra civil, la ganan los llamados «nacionales» (aunque ahora no lo parezca) y se vuelven a hacer películas, ya en el otoño de aquel 1939, llamado retóricamente «Año de la Victoria». ¿Y qué películas son las primeras que se producen en la intitulada, también con desbordante retórica, «la nueva España»?

Pues ahí van: *Leyenda rota, Los cuatro Robinsones, La Dolores, El huésped del sevillano* y *La marquesona*. O sea que, como si aquí no hubiese pasado nada (y lo mismo que en 1931), volvíamos a la zarzuela, la baturrada y la andaluzada. Aunque Cifesa pretendía disimularlo, al lanzar *La Dolores* nada menos que con esta deslumbrante frase publicitaria: «Formidable ataque del cine español, que marcha decidido a la conquista del mercado mundial.»

Tan gloriosa hazaña se pretendía conseguir con la adaptación de una zarzuela de ambiente aragonés, de evidente parecido argumental con *Nobleza baturra*. Es decir, maña bella y virtuosa que vive en precioso pueblo, tiene novio formal y serio y pretendiente malvado, que ante sus desplantes lanza la infamia (a través de una copla, naturalmente) de que la muchacha no es trigo limpio. Al final, puede suponerse, triunfa la verdad, el malo recibe su castigo y la pareja de enamorados son felices y comen lechazo, en lugar de perdices, porque ese menú es más típico de Aragón.

La Dolores la dirigió Florián Rey y estaba previsto que la interpretara Imperio Argentina, para mayor parecido con *Nobleza baturra*. Pero, como ya sabemos, la genial artista se había separado de su marido y hubo que sustituirla por Conchita Piquer. Eso sí, Manuel Luna seguía haciendo de villano. Pero mi admirada paisana no encajó ni en el tipo ni en el estilo del realizador, empeñado en que actuara como si fuese Imperio. Además, hubo frecuentes broncas entre una y otro; en resumen, que a pesar de lo bien que cantaba doña Concha las jotas, la película no funcionó como se esperaba.

*

El primer título basado en la guerra civil no fue español, sino italiano: *Sin novedad en el Alcázar*, aunque eran españoles el protagonista, Rafael Calvo, interpretando el personaje del coronel Moscardó, y Carlos Muñoz, en el papel de su hijo, cuya intervención se limitaba a la dramática —e histórica— comunicación telefónica con su padre. Rodada en las ruinas del Alcázar de Toledo, la película alcanzó un gran éxito, en tiempos todavía muy propicios a las emociones patrióticas.

El siguiente filme sobre tema ambientado en la reciente guerra ya fue producción española, aunque no demasiado. La realizó, asimismo en estudios italianos, Edgar Neville, y supuso el debut como actriz de una hermosa madrileña licenciada en Derecho, de nombre Concepción Carro, que por vez primera usaba el seudónimo que le dio fama: Conchita Montes.

Pero tanto ella, como sobre todo Neville, se merecen apartado especial.

*

De Edgar ya he contado algo, páginas atrás. Olvidé decir que, además de pertenecer a la carrera diplomática, tenía título nobiliario: conde de Berlanga del Duero. Algunos, los hay bobos, le emparentaron por eso con Luis Berlanga. Bueno, pues estaba él tan ricamente en Los Ángeles, que tiene un barrio llamado Hollywood y, como sabemos, además de atender (no mucho; tampoco el trabajo mataba) sus funciones en el consulado, escribía guiones y diálogos, jugaba al tenis con Charlot y aprendía a dirigir películas.

Un mal día de 1931 recibió un telegrama del Ministerio de Estado (hoy, de Asuntos Exteriores), comunicándole que había sido destinado a Tegucigalpa. Contestó con este otro: «¿Por dónde cae eso?» Como lo que cayó por aquellos días fue la monarquía de Alfonso XIII, la cosa no pasó a mayores. Y poco más tarde, Edgar tenía nuevo destino, pero en Madrid.

Una vez aquí, se divirtió realizando varios cortos deliciosos; uno de ellos, *Falso noticiero*, recogía, por ejemplo, la supuesta inauguración solemne de unos urinarios públicos. Más en serio, dirigió *El malvado Carabel* y *La señorita de Trévelez*, basada ésta en una comedia de Arniches, la misma que años más tarde serviría como idea argumental a Bardem para *Calle Mayor*.

Hora es de decir que Edgar Neville tenía un admirable sentido del humor, siempre de manifiesto en su obra. Y la ternura y el sentido crítico de todos los grandes humoristas. Odiaba la cursilería y los lugares comunes, tanto como se perecía por la buena mesa. No puede extrañar que, ya sobrepasada la madurez, llegase a pesar ciento treinta kilos largos. Sabido es que los obesos tienden a quedarse dormidos de continuo. Eso le ocurría a él, hasta el extremo de que, en cierta ocasión, fue a leerle una comedia a Conrado Blanco, empresario del teatro Lara, con la intención de que se la estrenara, y mientras la leía se durmió.

Frente de Madrid se titulaba la película que Neville dirigió en Roma, a finales de 1939, basada en una novela escrita por él que se había publicado en Valladolid en plena guerra. Sintiéndose un poco Hitchcock, apareció fugazmente en una de las escenas: friendo un huevo en el refugio de los oficiales de una Bandera de Falange, en pleno frente. Cosas del subconsciente y de la obsesión gastronómica.

El final del filme merece ser destacado: el alférez falangista y el soldado republicano (Rafael Rivelles y Carlos Muñoz) mueren abrazados en la misma trinchera. Un cántico, pues, a la reconciliación, a menos de seis meses de haber terminado la contienda.

A Neville le han descubierto ahora los giliflautas gracias a la proyección de muchos de sus títulos por televisión. Y se han quedado pasmados con *La torre de los siete jorobados* y con *La vida en un hilo* y con *El último caballo*. Son, efectivamente, unas excelentes películas sobre guiones no menos brillantes del propio Edgar. Que hacía el cine sin darle importancia, aunque después le saliera muy parecido al de Capra.

Pasó mal sus últimos años por culpa de la dichosa tendencia a la obesidad. Se pasaba semanas enteras internado en la clínica de nutrición del doctor Jiménez, alimentado solamente con sueros. Le daban de alta y, aunque seguía haciendo allí las comidas, rigurosamente calculadas en sus calorías, en cuanto salía a la calle se olvidaba del régimen en la primera tasca que encontraba. Recuerdo que una noche cenábamos un grupo que casi a diario lo hacíamos en La Zamorana —Tono, Díaz-Plaja, Mingote, Mihura— cuando apareció Edgar, echando pestes por el hambre que le hacían pasar en la clínica.

De modo que decidió comerse un solomillo. Le preguntó el camarero:

—¿Lo desea con alguna guarnición?

—Sí; ponme como guarnición media docena de chuletitas de cordero.

El enorme éxito teatral de *El baile* le animó a trasladar la comedia al cine, donde nuevamente Conchita Montes estuvo deliciosa. Fue su penúltima realización. La última, *Mi calle,* otro guión admirable, la dirigió entre siesta y siesta, ya que le resultaba imposible evitar el sueño.

La filmografía de Neville, plenamente revalorizada hoy, es una de las muchas pruebas de que también *entonces* se hicieron buenas películas.

*

Y malas, claro está. Muy pocas abordaron el tema de la guerra civil. Una fue *El crucero «Baleares»*, cuya historia resulta sorprendente. La produjo la distribuidora americana R. K. O. Radio Films, para aprovechar las pesetas que tenía bloqueadas en España, como consecuencia de las disposiciones vigentes en materia monetaria. Lo hizo a lo grande, muy a la americana.

Tan a la americana, que cuando la visionaron las autoridades de la Armada pusieron el grito en el cielo, pues el guionista se había inventado un pintoresco argumento, también muy de Hollywood, según el cual a bordo del crucero se organizaban bailes y festejos divertidísimos. De modo que no sólo fue prohibida, sino que se destruyó su negativo.

No parece que se perdiera gran cosa. Los pocos que llegaron a verla en privado contaban anécdotas preciosas. Por ejemplo: para rodar las escenas del hundimiento del *Baleares*, alcanzado por un torpedo de la escuadra republicana, se construyó una maqueta de madera que reproducía a escala el crucero y se montó sobre un submarino para que al sumergirse éste diera la sensación de que el *Baleares* se hundía. Pero durante el rodaje de la secuencia se desprendieron de la maqueta algunos de los supuestos cañones que, como también eran de madera, quedaron flotando sobre las aguas del Mediterráneo. Contradiciendo, es claro, la ley de la gravedad.

*

Sigamos con el cine más o menos político realizado en los años inmediatamente posteriores al final de la guerra civil. Pues, a pesar de lo que algunos han exagerado, apenas lo encontramos. En 1941 *Rojo y negro*, que nadie llegó a ver, porque la prohibió la censura; no debía estar muy acorde con los principios del régimen. Aquel mismo año, *Escuadrilla*, a mayor gloria de la aviación militar, a través de una historia sentimental. Lo que tantas veces han hecho en Hollywood, o sea, aunque con Alfredo Mayo en lugar de Clark Gable. En 1942 *Raza*, que ésa sí que fue una película supuestamente con mensaje político. O cuando menos, de exaltación de los valores que defendía el franquismo.

Y cómo no iba a ser así, si su argumento lo había escrito el propio Franco, bajo el seudónimo de *Jaime de Andrade*. Esto casi nadie lo sabía entonces; tampoco se les dijo a los tres directores (Carlos Arévalo, Enrique Gómez y José Luis Sáenz de Heredia), a quienes se entregó el boceto argumental para que lo desarrollaran. El único de los tres que puso objeciones serias al tema y desechó parte de él, por reiterativo, fue José Luis. Y a José Luis eligió el Caudillo para que realizara el filme.

De todo lo dicho, él no se enteró hasta que terminó el rodaje y la película quedó montada y lista para que la viera el jefe del Estado. Entonces supo el director que iba a recibir el testimonio directo del autor del argumento, además de conocerle personalmente. Se proyectó, pues, la primera copia en la salita de El Pardo y, al terminar, Franco le estrechó la mano y le dijo simplemente:

—Usted ha cumplido.

A una distancia de más de medio siglo y en un entorno social absolutamente distinto al de 1941, a *Raza* se le pueden objetar muchas cosas. Que la historia es tópica y un tanto ingenua, por ejemplo.

Pero desde una óptica meramente cinematográfica, el filme sigue resultando muy estimable en su conjunto, con algunas secuencias espléndidas, como la del fusilamiento de los frailes en la playa.

Lo que no cabe discutir tampoco es la fundamental importancia que Sáenz de Heredia tuvo en el cine español. Pionero de todos los géneros le llama García Escudero, y no le falta razón. Pues con él empiezan en su tiempo el cine de época *(El escándalo)*, el de humor *(El destino se disculpa)*, el religioso *(La mies es mucha)*, el policíaco *(Los ojos dejan huellas)*, la recreación de un mito teatral *(Don Juan)*, el de *sketches (Historias de la radio)*, el social *(Las aguas bajan negras)*, y como ejemplo de perfecta adaptación de una obra literaria a la pantalla, *Mariona Rebull*. La calidad de todas estas películas coincidió con su éxito popular.

José Luis era primo hermano de José Antonio Primo de Rivera, parentesco que suelen destacar antes que sus méritos profesionales algunos de los tratadistas al uso. Al producirse el Alzamiento de julio del 36, estaba en Madrid y sabiéndose perseguido, dejó su domicilio y pasó varias noches durmiendo en los chiringuitos del paseo de la Castellana. Su amigo Santiago Ontañón le asiló en su casa. Cuando también resultaba peligroso, optó por presentarse en los estudios Ballesteros (donde había rodado su primera película), y los obreros, que le tenían gran afecto, no vacilaron en acogerle.

También en su nuevo escondrijo fue descubierto y le llevaron detenido a una checa, de la que al cabo de varios días le sacó (ya lo contamos) Luis

Buñuel. Consiguió un pasaporte cubano, salió de Madrid y se pasó a la zona nacional, donde hizo valer su grado de oficial de complemento para que le destinasen al frente.

Tenía a su cuidado un cañón del 7,5, que colocado mirando al cielo se usaba como antiaéreo. Cierta mañana apareció entre las nubes un avión de bombardeo. Sáenz de Heredia apuntó, disparó y el aparato, envuelto en humo, dio la vuelta y desapareció. Horas más tarde el brillante artillero era llamado al puesto de mando de su unidad. Llegó radiante, convencido de que iba a ser felicitado por su puntería.

No se trataba de eso exactamente. El coronel quería presentarle al famoso as de la aviación nacional, Juan Antonio Ansaldo, a quien había estado a punto de derribar con sus disparos. Éste le explicó que los aviones franquistas se distinguían de los republicanos en que llevaban pintada en las alas y en la cola una aspa negra.

En sus últimos años, Sáenz de Heredia se dedicó casi exclusivamente a dirigir películas para el lucimiento de la estupenda Conchita Velasco, con la que mantuvo un romance apasionado (como todos los de la subida madurez).

*

Ya no se hicieron más películas sobre la guerra civil en los años cuarenta. Pues *¡Harka!* y *¡A mí la legión!* nada tenían que ver con ella. *Porque te vi llorar* y *Boda en el infierno* la aludían sólo de refilón. Hasta 1949 no volvió a ocuparse el cine español de la contienda. Fue con *El santuario no se rinde*, glosa del heroísmo de los guardias civiles que durante más de ocho meses resistieron el cerco republicano. Resultaba significativo que estuviera dirigida por Arturo Ruiz-Castillo, que era de izquierdas y había colaborado con García Lorca en *La barraca*.

Han de pasar dos años más para que en 1951 se vuelva al tema de la guerra civil, con *Cerca del cielo*, donde el padre Venancio Marcos interpretó el personaje del asesinado obispo Polanco, como ya se contó. Hubo también anécdotas curiosas; Antonio Casas, que desempeñaba el papel de un oficial del ejército franquista, había participado realmente en la batalla de Teruel, pero como oficial republicano.

Diez, doce, quince años más tarde se vuelve esporádicamente a la guerra civil como argumento cinematográfico. *Con la vida hicieron fuego, Tierra de todos, Un puente sobre el tiempo, El frente infinito, La fiel infantería, La patrulla*, son títulos que refrescan una historia que la mayoría de españoles considera superada. Añádanse, si se quiere, dos películas sobre la aventura de la División Azul en la guerra contra la URSS: *Embajadores en el infierno* (1956) y *La espera*, de ese mismo año.

En definitiva, apenas una docena de filmes se dedicaron, a lo largo de casi cuarenta años, a glosar la guerra civil por quienes la habían ganado. En lo que llevamos de democracia, pasan de veinticinco los que han tratado sobre esta guerra o sobre el franquismo, siempre desde posturas contrarias, obviamente.

Resumiendo, el cine del franquismo «fue políticamente ineficaz». (Palabras de J. A. Bardem, en las conclusiones de Salamanca.)

*

No hará falta que les aclare que éste no es un libro de historia del cine español. A estas alturas de sus páginas ya se habrán dado más que cuenta de ello. Tampoco pretende establecer valoraciones, ni destacar exhaustivamente títulos fundamentales ni mucho menos enjuiciar la siempre difícil marcha de nuestra producción. Lo que de verdad intenta es divertirles con sus anécdotas, que ya será bastante si lo consigue.

De modo que les contaré que en 1940, el director Julián Torremocha tuvo la inaudita idea de adaptar a la pantalla una obra teatral, *Cancionera*, escrita toda ella en verso y toda en verso la filmó. Los actores lo recitaban bastante mal y a gritos.

Nada que ver, por tanto, con la similar experiencia a la que se atrevió Pilar Miró (q. e. p. d.) cuando, hace nada más que tres años, realizó *El perro del hortelano*, que era un prodigio de sensibilidad y buen cine.

*

Ladislao Vajda Weisz fue un director húngaro, que llegó a España en 1943, huyendo de la Europa en llamas. Tras unos comienzos vacilantes, se identificó tanto con nuestro país que realizó algunos de los títulos más auténticamente españoles de la época: *Tarde de toros, Carne de horca, Marcelino, pan y vino, Doña Francisquita, Ronda española* y *Mi tío Jacinto*. Cuando en 1955 se nacionalizó español, tenía más que merecido serlo.

Bajo su dirección debutó en 1944, en un pequeño papel de *Te quiero para mí*, una preciosa jovencita de dieciséis años, que usaba el seudónimo de María Alejandra. A partir de su siguiente película adoptaría ya el que tan famosa la ha hecho: Sarita Montiel.

*

Aquel mismo año cayeron por España dos italianos que trabajaban en el cine de su país. Uno de ellos incluso colaboró con Carlos Sentís, el veterano periodista felizmente vivo y en feraz actividad, en el guión de *Piruetas juveniles*. Al otro, que era actor, no se le ofreció siquiera la posibilidad de trabajar.

Se llamaba éste Vittorio de Sica; aquél, Cesare Zavattini, que tampoco encontró ninguna otra oportunidad.

*

Aunque a Juan de Orduña se le recuerda especialmente por su filmografía histórica y engolada, que empezó con el exitazo de *Locura de amor*, en sus comienzos se dedicó a la comedia y al cine de humor, logrando algunas películas excelentes. (Por ejemplo, *Ella, él y sus millones*.)

En 1944 establecería un récord de economía en

la producción: dirigió dos películas al mismo tiempo, *Yo no me caso* y *La vida empieza a medianoche,* rodadas casi con los mismos intérpretes y en decorados también repetidos en buena parte.

Cifesa le encomendó, en 1951, la realización de *Alba de América.* El filme era fruto de una iniciativa del Instituto de Cultura Hispánica, como réplica a las falsedades históricas del *Cristóbal Colón* inglés, donde Frederich March se inventaba el personaje del almirante, cayendo en excesos ridículos y en grotescas falsedades.

Se convocó un concurso de guiones y aunque se habían prometido toda clase de medios artísticos y económicos, a la hora de la verdad llegaron las rebajas. De modo que, por exigencias del presupuesto reducido, no se pudo construir más que una carabela, exacta réplica de las colombinas. Por lo que en ningún momento de la película aparecen juntas en la pantalla la *Niña,* la *Pinta* y la *Santa María.*

Peor le fue a Orduña con *El último cuplé,* que producía él personalmente, con su marca, para que la distribuyera Cifesa. Lo de tantas veces: a mitad del rodaje se quedó sin dinero. Magnánimamente Cifesa le compró la propiedad de la película, por algo así como tres millones de pesetas. El inesperado triunfo comercial del filme en medio mundo supuso para la empresa de los Casanova un negocio asombroso. Y al bueno de Orduña ni siquiera le quedó el consuelo de tirarse de los pelos, porque ya dijimos que usaba bisoñé.

*

Empezaron a llegar a España directores extranjeros, incluso de prestigio, para dirigir películas nacionales o en coproducción. Casi todos fracasaban; incluso los de prestigio. Así, Julien Duvivier (el de *La bandera*) a quien *Jack el negro* (1950) le salió un churro, a pesar de Herbert Marshall y Patricia Roc. Como a Edgar G. Ulmer, *Muchachas de Bagdad*, con Paulette Godard y John Boles, junto a Carmen Sevilla. También se estrelló Michael Powell, en *Luna de miel* y eso que, al lado del gran bailarín Antonio, actuaba Ludmila Tcherina, la de *Las zapatillas rojas* (1959).

Cesáreo puso a disposición del argentino Luis Saslawsky nada menos que a Vittorio Gassman, Rosano Brazzi y María Félix, además de un argumento de Jean Cocteau, para *La corona negra* (1950). Otro fiasco. Pero si los foráneos con fama no daban una a derechas Marco Ferreri, un italiano entonces desconocido, iba a realizar aquí sus tres primeras películas, *El pisito*, *Los golfos* y *El cochecito* (1958-1960), acreditando con ellas una calidad y una visión cinematográfica que bien pronto ratificó en su país, donde al morir, hace pocos años, estaba considerado como uno de los más importantes realizadores de su tiempo.

Con él había debutado como guionista un muchacho de Logroño, Rafael Azcona, que dibujaba en *La Codorniz* los chistes del repelente niño Vicente y había escrito varias novelas, excelentes pero de escasa difusión. Azcona se convertía asimismo en lo que sigue siendo hoy: el guionista más cotizado de Europa.

También les dio buena suerte debutar como

protagonistas de una película española (*Tirma*, 1954) a Silvana Pampanini y Marcello Mastroianni, catapultados desde aquí al éxito.

*

El apoteosis de *Locura de amor*, en 1948, todavía se recuerda. Si para Jorge Mistral y Sarita Montiel supuso la reválida de una popularidad y un prestigio que ya tenían, para Aurora Bautista fue la revelación deslumbrante, la súbita consagración. Su interpretación de Juana la Loca estremeció a los públicos de España y de Hispanoamérica; todos coincidían en los incontenibles sollozos cuando, frente al esposo muerto, decía con voz desgarrada y los ojos saliéndosele de las órbitas aquello de:

—¡No le despertéis...! ¡El rey está dormido...!

Aurora trabajaba hasta entonces en la compañía del teatro Español, de Madrid. Ya había interpretado, poco antes, otra película, *El curioso impertinente*. Era, al parecer, tan mala y estaba ella tan poco afortunada, que Cifesa, la productora de *Locura de amor*, la compró para destruir todas sus copias. Y curiosamente, también antes de agarrar su colosal triunfo en el papel de la reina Juana, Jerónimo Mihura le hizo unas pruebas, cuando buscaba intérprete para *Siempre vuelven de madrugada*. Fue desechada; se prefirió a Margarita Andrey.

*

Una orden ministerial de 26 de febrero de 1947 creó el Instituto de Investigaciones y Experiencias

Cinematográficas (IIEC), primer intento de dotar de cierto carácter universitario a las enseñanzas sobre cine. En sus distintas especialidades: producción, realización, escenotecnia, interpretación. Se ubicó en los locales de la Escuela de Ingenieros Industriales, de Madrid, con carácter provisional. Como suele ocurrir con todo lo provisional, estuvo allí muchos años.

Estudiaron en la primera promoción del IIEC, entre otros, Berlanga y Bardem. Aquél aprobó; su película de prácticas se titulaba *Paseo por una guerra antigua*. Bardem, en cambio, no obtuvo el título.

El IIEC se convirtió en Escuela Oficial de Cine, en 1962. Ahora, sus estudios están integrados en la Facultad de Ciencias de la Información.

*

Mientras en Madrid, Jorge Mistral había recogido de Alfredo Mayo la antorcha del galán que las enloquecía, en el cine barcelonés era Conrado San Martín quien conmocionaba a las jovencitas, después de sus éxitos en *Apartado de correos 1001* y otras varias películas, todas producidas por Emisora Films, que era a la sazón (1950) empresa de gran actividad.

Conrado, boxeador aficionado antes de dedicarse a la pantalla, había ido subiendo con calma y seguridad todos los escalones que llevan a la fama del celuloide, desde que debutó en *¿Por qué vivir tristes?*, en 1942. Participaría seis años más tarde en la efemérides de la primera película rodada en color por un procedimiento íntegramente nacional.

Le llamaron «cinefotocolor» y a pesar de la buena voluntad de sus inventores, no consiguió asentarse en el mercado, aunque se utilizó en varias películas más. Pero como el sistema era bicolor, producía una tonalidad deficiente, con predominio de los colorados. Por lo que la gente lo bautizó como «tomatecolor».

Conrado hizo sus pinitos como productor, intervino en muchas coproducciones y hoy, hecho todo un actor maduro y de estupenda planta, sigue apareciendo tanto en la pantalla grande como en la que llaman pequeña.

*

En 1948 se anuncia una película que tiene morbo: Florián Rey vuelve a dirigir a su ex, Imperio Argentina, y a Miguel Ligero. El trío que tantos éxitos obtuvo en el cine de anteguerra se juntaba de nuevo en *La cigarra*, sobre guión de José María Pemán.

El rodaje no fue precisamente tranquilo por obvias razones, y el resultado, así en lo artístico como en lo comercial, malo.

*

Dicen las estadísticas que en 1950 había en España tres mil novecientos locales de exhibición cinematográfica, de ellos ciento diecisiete en Madrid, lo que nos situaba en el cuarto país del mundo en número de cines. A esos cines les resultaban rentables las películas españolas de entonces: *Pe-*

queñeces, Agustina de Aragón (en las que se repetía el tándem Orduña/Aurora); *Teatro Apolo,* con el mexicano Negrete cantando zarzuela; *El último caballo; La revoltosa,* con Carmen Sevilla y Toni Leblanc; *La niña de Luzmela,* debut de María Rosa Salgado.

Y no se diga, al año siguiente, *La señora de Fátima,* el gran taquillazo de Rafael Gil. Se recordará que José Nieto interpreta un papel breve pero muy emotivo: el padre que lleva en brazos a su niño ciego, a quien la Virgen le devuelve la vista. Era una escena en la que nunca fallaban las lágrimas y los aplausos del público. Nieto, que acudía todas las tardes a última hora a la tertulia de Chicote con Mihura, con Toni Román, con otras gentes del cine, miraba invariablemente su reloj a las ocho y diez y comentaba, muy feliz:

—En este momento me están ovacionando.

*

Ana Mariscal siempre fue, además de una belleza y una magnífica actriz, mujer de amplia cultura y constantes inquietudes. Así que en plenos años cuarenta (1943) osó interpretar en el *Tenorio* el papel de don Juan. Lo hizo en Valladolid y se armó un cierto escándalo, ya que los pacatos, los mojigatos y los meapilas consideraron grandemente inmoral aquello de que el personaje más tópico del seductor masculino corriese a cargo de una mujer. Se celebró, incluso, un «juicio literario», del que salió abrumadoramente absuelta por un jurado de intelectuales.

En 1953 daría otra campanada al debutar como directora cinematográfica. Además, su primera película como realizadora (y además, intérprete) fue excelente. En la línea neorrealista al uso, con actores mayoritariamente aficionados, *Segundo López, aventurero urbano* obtuvo los elogios de la crítica. Aún dirigiría ocho películas más, en años posteriores.

No era, sin embargo, la primera mujer española que se atrevía con la realización. Ya en 1935, la catalana Rosario Pi había dirigido *El gato montés* y meses más tarde, *Molinos de viento*. Hoy, notoriamente, son varias las féminas que ejercen como directoras, con muy buenos resultados.

*

Bardem y Berlanga dirigieron al alimón su primera película, *Esa pareja feliz,* en 1951. Era un sainete, con gentes de chaqueta y ambientes de la calle, cuando estaban de moda los filmes grandilocuentes, históricos y barbudos. Precisamente en una secuencia de la película se hace divertida mofa del género, con Lola Gaos parodiando el desgarro declamatorio de Aurora Bautista.

No tuvo buena clasificación y ninguna distribuidora se atrevió a contratarla, por lo que tardó tres años en poder estrenarse. Para entonces, Bardem y Berlanga, cada uno ya por su lado, habían obtenido sus primeros éxitos internacionales.

*

Antonio del Amo, crítico de cine antes del treinta y seis, militante comunista destacado, realizó documentales durante la guerra civil (en la zona republicana, claro está) y estuvo en la cárcel al terminar la contienda. Sin embargo, ya en 1947 debutaba como director con *Cuatro mujeres*, esbozo de su indiscutible personalidad.

Hizo después una biografía cinematográfica de Bécquer *(El huésped de las tinieblas)*, varias películas de consumo y tres de alta calidad: *Día tras día*, *Sierra maldita* y *El sol sale todos los días*. No tuvieron, sin embargo, demasiado éxito comercial. Y para su desgracia artística y su fortuna económica, en 1956 descubrieron a una criatura de diez años, algo enana para su edad y con voz de falsete, a la que pusieron de nombre Joselito y con quien realizó y produjo *El pequeño ruiseñor*.

Como se dice en el argot, aquello «rompió taquillas». De modo que Del Amo siguió explotando el filón, en sucesivos y siempre triunfantes títulos, con Cesáreo (que era un águila) como productor asociado. No fue eso lo peor, sino que con la habitual tendencia al mimetismo de los cineastas, florecieron por doquier los niños/as artistas cantores.

Con mejor resultado en el campo de la infancia femenina; pues los críos (Miguelito Gil, *Pachín*) no resultaron demasiado rentables, si exceptuamos al gran Pablito Calvo, el de *Marcelino*. Pero en 1960 Luis Lucia lanzaba a Marisol, en *Un rayo de luz* y repetía descubrimiento y éxito dos años después con Rocío Durcal *(Canción de juventud)* y culminaba sus revelaciones en 1965 con Ana Belén *(Zampo y yo)*.

Lo del afán imitador de productores, guionistas y directores cada vez que se produce un éxito comercial ha sido (y sigue siendo) constante en nuestro cine. A raíz del triunfo de *El escándalo,* magnífica película de Sáenz de Heredia, se desató el entusiasmo por el cine de época, sobre novelas del siglo XIX especialmente y con la mayor fastuosidad posible: *La pródiga, Eugenia de Montijo, Lola Montes, Don Juan de Serrallonga, La duquesa de Benamejí, Espronceda* y *La princesa de los Ursinos.* Algunas de ellas, por otra parte, excelentes, pese a las arañas de luz, los muebles isabelinos, los decorados de palacios imperiales, los uniformes brillantes y los miriñaques.

No se diga el aluvión de cine religioso que se nos vino encima, a partir de *La mies es mucha,* también de Sáenz de Heredia. Como, por si algo faltara, esta clase de películas les encantaban a los señores de la Junta de Clasificación, los productores (con Vicente Escrivá en primera fila) se hartaron de contarnos historias de gran contenido moral y ejemplarizantes.

Lo absolutamente irresistible llegó a raíz del exitazo de *El último cuplé.* En los años siguientes (la película de Sarita se mantuvo 325 días sucesivos en cartel, en el cine Rialto de Madrid), todos se entregaron con inusitado fervor a la explotación del género. Comenzaron con *Aquellos tiempos del cuplé,* justo homenaje a Lilian de Celis, que había sido quien, a través de un programa de radio así titulado, introdujo la moda. Y siguieron la tira de títulos: *La corista, Miss cuplé, Y después del cuplé, La reina del Tabarin, Júrame.* Además, claro está, de los repetidos golpes al tema que le continuó dando la misma Sara, desde *La violetera* a *La reina del Chantecler* y similares.

Esta mala costumbre de las imitaciones se conserva en nuestros días, cuando todo director que empieza quiere hacer una película «como las de Almodóvar». Que no es tan fácil.

*

En los años sesenta y setenta, los años del desarrollo y de la radical transformación de la sociedad española, el cine nacional ofrece dos vertientes bien dispares. Por un lado, las películas de Lazaga, de Tito Fernández, de Klimovsky, de Fernando Palacios, con chicas guapas en color y discretas minifaldas y paletos ibéricos que quieren ligar con las turistas suecas que están llegando en caravanas. Por otro, el que se llamó «nuevo cine», auspiciado por la política de García Escudero, que lanzaría a jóvenes directores, hoy en plena actividad. Entre otros, Carlos Saura, Mario Camus, Francisco Regueiro, José Luis Borau, Miguel Picazo, Antonio Eceiza y los prematuramente fallecidos Guerín y Manuel Súmmers.

Con ello, la producción nacional alcanza las mayores cotas de su historia: 128 películas se realizan en 1964; 151, en 1965; 164, en 1966. Y es que al público le divierten tantísimo las producciones de Dibildos y demás que siguen su línea. Un título lastimoso, *No desearás al vecino del quinto*, logró tan desbordante éxito comercial, que hasta hace bien poco seguía siendo el de mayor recaudación en la historia de nuestro cine.

Pero al mismo tiempo, los nuevos directores aportan, como es natural, ideas y orientaciones también nuevas. E incluso algunos logran una buena aceptación popular. Así, Picazo con *La tía Tula*, que muestra una Aurora Bautista hasta entonces inédita, reprimida y convincente en su papel de solterona atormentada. Y Súmmers, con la tierna historia de niños y viejos que es *Del rosa al amarillo*. Y Saura, con *La caza* y *Peppermint frappé*. Y ya en 1975, Borau, con *Furtivos*. Todos ellos, además, son galardonados en distintos festivales internacionales.

*

Pues muchos y variados festivales hay por esos mundos. Los de mayor prestigio continúan siendo Cannes y Venecia. Les siguen en categoría Berlín y San Sebastián. Éste comenzó siendo, en 1953, una modesta Semana Cinematográfica Internacional, organizada por el comercio donostiarra para atraer al turismo. Al año siguiente ya se convertía en festival, y poco después era clasificado entre los de primera clase.

En alguna ocasión, la política ha podido perturbar la paz de los festivales. En 1964, España fue invitada por primera vez al que tenía lugar en Acapulco. Por entonces, nuestro país y México no mantenían relaciones diplomáticas. Era una extraña y absurda situación, pues a pesar del distanciamiento oficial, los intercambios artísticos entre ambas naciones resultaban tan constantes como cordiales. En 1945, Manolete conquistó el fervor de los aficionados aztecas, que hoy todavía le añoran. Las películas españolas alcanzaban grandes éxitos allí y nombres muy representativos de nuestra cinematografía se habían incorporado a la mexicana: Jorge Mistral, Sara Montiel, Amparo Rivelles, Lola Flores, Armando Calvo y Ángel de Andrés.

Recíprocamente, en los años cuarenta, los filmes mexicanos encontraban gran eco popular en España y sus rancheras se hacían populares. Aquí habían venido y habían trabajado sus primeras figuras: María Félix, Jorge Negrete, Dolores del Río, Emilio Fernández. Los vibrantes ritmos musicales de México los pusieron de moda entre nosotros, además del mítico Negrete, el Trío Calaveras, Pedro Infante y Ana María González, a quien la publicidad llamaba «la voz luminosa de México». Como estaba gordita, algunos le decían «la voluminosa de México».

Bien, pues como les recordaba, el cine español acudió oficialmente al festival de Acapulco y surgió el problema de la bandera, ya que México tenía reconocido a un fantasmal gobierno republicano, cuya enseña era la tricolor. Pero al final, no pasó nada. Como tampoco hubo ningún disturbio en el festival de San Sebastián cuando, asimismo por primera vez fue invitada la Unión Soviética, y la bandera roja con la hoz y el martillo ondeó entre las demás. Allá por los años sesenta, estas cuestiones de los símbolos habían perdido toda su virulencia. Afortunadamente.

*

En los festivales internacionales el cine español iba obteniendo premios que, en alguna ocasión, sorprendían a la propia empresa. Ya en 1940, *Marianela* y el documental de García Viñolas *Boda en Castilla* fueron galardonados en Venecia. Lo serían, además de otros títulos ya citados y en distintos certámenes, *Calabuch, Calle Mayor, El lazarillo de Tormes, Cerca de las estrellas, Del rosa al amarillo, La niña de luto, Nueve cartas a Berta, La caza, Peppermint frappé, El puente, Las palabras de Max, Muerte de un ciclista, La colmena, Deprisa, deprisa, Furtivos, El espíritu de la colmena.* Aunque el más codiciado de los premios, el Oscar de la Academia de Hollywood a la mejor película extranjera, no llegó hasta 1983 (*Volver a empezar,* de Garci), para repetirse diez años después con *Belle époque,* de Fernando Trueba.

Lo que ya se sabía en Cannes y en Venecia en aquellos tiempos en que los festivales, además de películas, ofrecían galas sociales a cargo de los países participantes, era que la fiesta española no tendría parangón con ninguna otra. Nuestras salerosas folclóricas, entonces en plena cumbre de su arte y su belleza, oscurecían a los astros americanos, a las guapas estrellas italianas de moda, a todo lo que se les ponía por delante y se ganaban la admiración entusiástica de los más severos críticos, de los realizadores más ilustres del mundo.

Cuando se presentó en Cannes *Duende y misterio del flamenco,* una buena película de Neville, donde bailaban Antonio y Pilar López y Mari Luz Galicia, en espléndidos paisajes españoles —la serranía de Ronda, el Escorial, Granada— la fiesta que siguió a la proyección todavía se recuerda por quienes la gozaron. Además, el filme obtuvo una mención de honor, a pesar de estar rodada en «tomatecolor».

En aquellas fiestas, en cuya organización se volcaba la delegación española, colaboraban también los hoy llamados (con manifiesta impropiedad) restauradores, para que entre soleá y martinete, los invitados se enterasen de lo rico que es el jamón de Jabugo. Y lo suculenta que resulta una paella. Las paellas las llevaba en avión Alfonso Camorra, el de Riscal. Un año, por avería del bimotor, tuvo que transbordar a otro la preciosa mercancía. En la operación, las paellas se cayeron por los suelos y se desperdigaron el arroz y los langostinos, pero volvieron a embutirlos en ellas y a pesar del percance, los invitados extranjeros coincidieron en que no había plato más sabroso en el mundo.

*

Fernando Fernán-Gómez es hoy, además de actor unánimemente aclamado y escritor de muy buenas letras, uno de los mejores directores de nuestro cine, al que ha dado títulos como *La vida por delante*, *El camino hacia ninguna parte* y *El extraño viaje*. Este último filme milita en la categoría de los llamados «malditos»; tardó en estrenarse, se hizo en locales de segunda categoría y hasta muy recientemente no ha sido apreciado su valor.

Su título inicial era *El crimen de Mazarrón*. Pero una empresa inmobiliaria que estaba promocionando urbanizaciones de lujo en aquella playa murciana hizo valer sus influencias para que se modificase, por si el recuerdo del suceso perjudicaba el buen nombre del lugar. Y hubo que hacerlo.

La primera película que dirigió Fernando fue *Manicomio*, en 1952, en colaboración con Luis M. Delgado. Constaba de varias historias de locos, tomadas de distintos autores; entre ellos, Edgar Allan Poe. De locos hicieron, entre otros, Camilo José Cela y el crítico teatral Alfredo Marqueríe, que estuvieron muy en su papel. La censura, ¡cómo no!, puso pegas al guión, porque entendía que eso de los chiflados no puede tomarse a broma.

La censura, en cambio, que además de puñetera, era tontaina, no se enteró del claro mensaje homosexual que estaba implícito en *Diferente*, filme de Luis M. Delgado, interpretado por el bailarín argentino Alaria, en 1961. La película se estrenó sin problemas y, como es natural, gustó mucho.

*

Habrá que recordar la moda de los *westerns* que tanto trabajo dio a técnicos y artistas españoles en los años sesenta y setenta. Casi siempre se hacían en coproducción con Italia, por lo que se les llamó «spaguetti-westerns». Algunos directores se dieron especial maña para realizarlos, como Joaquín L. Romero Marchent, y la verdad es que les salían la mar de bien.

Fue tal la demanda, que en Almería, en Colmenar Viejo y en las cercanías de Barcelona, se construyeron poblados del Oeste, con carácter estable, en los que no faltaba ninguno de los elementos característicos del género, desde el *saloon* hasta la oficina del *sheriff*. He leído recientemente que ahora, cuando ya no se hacen estas películas, en Almería utilizan el poblado como atracción turística y para diversión de los críos. Una especie de Westernlandia, vamos.

Pero ojo, que algunos de los filmes del Oeste que aquí se realizaron fueron inmejorables. Como *Por un puñado de dólares*, coproducción con Italia, a la altura de cualquier buen *western* americano. Su director, Sergio Leone, había comenzado en España su carrera de realizador con *El coloso de Rodas*, también coproducción entre los dos países. Pero se negó a que su nombre apareciese como tal, cabreado por las «drásticas rebajas» que los coproductores impusieron en el rodaje. Decía Leone, por ejemplo, que la figura del coloso, que debió justificar su nombre midiendo por lo menos veinte metros de altura, la habían dejado en la de un jugador de baloncesto. Y aún de los menos altos.

*

Del escándalo de *Viridiana* se habló mucho y se seguirá hablando porque supuso un evidente desprestigio para la Administración de la época (1961). Luis Buñuel había regresado a España y no precisamente como turista, sino dispuesto a trabajar. Con una productora afín ideológicamente realizó *Viridiana*, cuyo guión no sufrió en censura más sobresaltos que los habituales. Terminada la película, fue seleccionada para el Festival de Cannes, donde ganó el máximo premio: la Palma de Oro.

Muy feliz lo recogió el señor Muñoz Fontan, director general de Cine, en la solemne ceremonia de clausura, sin imaginar la que se le venía encima. Pues *L'Osservatore Romano,* órgano oficial del Vaticano, destapó la caja de los truenos denunciando la supuesta herejía del filme, su feroz burla a la Iglesia católica y otros cuantos pecados más. Indignación en gran parte motivada por la parodia de la última cena de Jesucristo, que Buñuel convierte en su filme en un aquelarre de mendigos y mujeres de baja estofa. En toda España, obispos, órdenes religiosas y clero secular se unieron a las protestas de Roma y en el ministerio se vivieron jornadas de pánico, ante las amenazas de excomunión.

Al final, se buscó el pretexto de la falta de ciertos requisitos formales en la documentación del filme, no sólo para prohibirlo, sino para negarle la nacionalidad española. Como ha dejado escrito Julián Marías (*Visto y no visto,* p. 504) «la prohibición es la mejor agencia de publicidad y en este caso ha multiplicado la atención que normalmente hubiera suscitado la película». Película que a don Julián no le gustó nada: la consideró «desangelada, lacia, desganada, sobre un tema de extremada inconsistencia». No obstante las rotundas opiniones de crítico de semejante solvencia, cuando finalmente pudo proyectarse en las pantallas españolas, la progresía se extasió con ella.

A pesar del estúpido varapalo de la Administración, Buñuel, terco como buen baturro, se empeñó en volver a dirigir en España y lo hizo años más tarde, llevando al cine un tema de Galdós, *Tristana,* con Catherine Deneuve y Fernando Rey como protagonistas. Esta vez no hubo problemas graves y la película, buena película, se estrenó entre el general beneplácito de público y críticos, incluido don Julián Marías.

*

En el apretado tráiler en que forzosamente ha de convertirse este vistazo a los aspectos anecdóticos de más de treinta años de cine español, no quisiera omitir nombres que merecen mi recuerdo. Como el de Julio Coll, director catalán de títulos tan reseñables como *Un vaso de whisky* y *Distrito quinto* (1957), con Arturo Fernández de protagonista. Porque sí, damas y jovencitas que tanto admiráis hoy al actor asturiano y caballeros que le envidiamos su éxito con las mujeres, su elegancia y su atractivo: Arturo nació en 1930. La cuenta es fácil...

Antonio Isasi-Isasmendi, compañero de Coll en sus primeros tiempos de Emisora Films y espléndido montador, comenzó a dirigir en 1956 y entre 1963 y 1967 realizó tres espléndidas muestras de cine de acción, en la línea (y sin desmerecer) de los James Bond: *Scaramouche, Estambul 65* y *Las Vegas, 500 millones*. Hace ya años que se apartó de la actividad cinematográfica y vive tranquilo y feliz en Ibiza. Dichoso él.

A Pedro Lazaga se le consideraba el director más prolífico de nuestro cine. A raíz del fracaso comercial de una de sus primeras películas, *Cuerda de presos*, que tenía una calidad nada común, pese a lo cual tardó nueve años en poderse estrenar, se pasó con todas sus consecuencias al cine de consumo. Lo realizaba con gran oficio y decoro, de tal modo que, al morir prematuramente, a los cincuenta y tres años, dejó su firma nada menos que en cuarenta y ocho títulos.

Ya le ha rebasado en fertilidad cinematográfica Mariano Ozores, a quien resulta difícil llevarle al día la cuenta de sus películas. No sé; debe andar por las ochenta. Le ocurre como a Lazaga: dirige rápido, tiene un gran sentido del ritmo, pocos escrúpulos con los temas y acierta casi siempre con los deseos de ese público, la mayoría, que sólo quiere pasarlo bien frente a la pantalla. Digan lo que digan, satisfacerle no es tan fácil como parece.

*

Resulta también inevitable recordar la que fue llamada Escuela de Barcelona, que a finales de los sesenta sirvió en cierta medida de contrapunto al «nuevo cine español» que comenzaban a realizar los jóvenes directores salidos de la Escuela Oficial de Cinematografía de Madrid.

Frente al profesionalismo de éstos, cuyas ilusiones y ansias renovadoras coexistían con un claro deseo de seguir de por vida en el oficio, los muchachos barceloneses, la mayoría procedentes de la alta burguesía catalana, políticamente integrantes de la *gauche divine* y asiduos de Bocaccio, parecía más bien que jugaban a hacer cine. Que hubiesen decidido que eso les divertía más que el golf.

«Estetizantes y europeos» se les definió en cierto momento. «Con vocación experimentalista y vanguardista», también se dijo. En todo caso, olvidándose por entero del factor comercial y aun del público como destinatario de sus películas, consiguieron la devoción de minúsculos grupos de la intelectualidad progresista de Cataluña; pero quedaron absolutamente desconocidos hasta para los más conspicuos aficionados al cine del resto de España.

Los principales representantes de la *Escola*, se enfrentaron abiertamente «al cine mesetario y burgués, sumiso y dirigido» *(sic)* que, según ellos, se producía en Madrid. Su actitud fue, por tanto, una especie de anticipación a las rivalidades entre don Josep Lluís Núñez y don Lorenzo Sanz; a la disyuntiva *Barça, més que un club* o Real Madrid, campeón de Europa por séptima vez.

He aquí los nombres de aquellos aguerridos defensores de la modernidad, a través de la subversión y la protesta: Pere Portabella, Jacinto Esteva, Joaquín Jordá, Carlos Durán, José María Nunes (no obstante ser portugués, fervoroso del catalanismo: como Figo), Pedro Balañá, Alfonso Ungría, Gonzalo Suárez, Vicente Aranda. Los dos últimos escaparon a tiempo del vanguardismo y demás zarandajas, manteniendo una gran dignidad artística en sus realizaciones. En el caso de Aranda, sin menoscabo de un notable éxito comercial.

En fin, la *Escola* de Barcelona fue en definitiva «un descalabro general, económico y artístico». No es juicio mío, sino de Román Gubern en su *Historia del cine*, p. 226. Por curiosidad y para que comprendan las razones del fracaso de la aventura, éstos son algunos de los títulos que tan intrépidos muchachos pusieron en circulación (aunque con muy corto recorrido): *Dante no es únicamente severo; Fata morgana; Aoom; No contéis con los dedos; Liberxina 70; Biotaxia*. Bueno, ¿para qué seguir?

*

En los dos o tres últimos años del franquismo, o sea, del tardofranquismo, es decir, en el ocaso del anterior régimen, desaparecidos por su fallecimiento o su jubilación la casi totalidad de directores históricos del cine español, los jóvenes impusieron su ilusión y su categoría. Ya cité a los primeros salidos de la EOC; a ellos se unían Pedro Masó y Roberto Bodegas y Jaime Camino y Antonio Giménez-Rico y Jorge Grau y Antoni Ribas y Jaime de Armiñán y Moreno Alba y Pedro Olea y Angelino Fons, y otros. Todos siguen al pie de la cámara confirmando (no siempre, claro) su talento.

Aunque es curioso. El realizador que, en los mismísimos albores de la transición política, agarró el gran taquillazo del momento fue Vicente Escrivá. Listo como nadie, había sido el gran muñidor del tema religioso, cuando era rentable hacerlo. Explotó, allá por los sesenta, las películas de españolitos cachondos que se ligaban a las turistas o se marchaban a Alemania con Pepe.

Y se trajo en 1975 a una italiana esplendorosa, la retrató en pelota viva debajo de la ducha y con el pretexto de un tema clásico, *La lozana andaluza* y la impresionante anatomía de la señorita Omaggio, el sabio valenciano volvió a forrarse. Por cierto, ítem más actualmente con sus series de televisión.

Es que los valencianos valemos mucho, ché.

*

Casi cuarenta años de cine español durante el franquismo propiciaron las anécdotas y los resultados que en las anteriores páginas he procurado recoger. Está claro que, en la época de la posguerra, la larga e interminable posguerra, que en un libro mío sobre este período histórico he situado entre 1939 y 1953, la picaresca imperó en el mundo del celuloide. Como en las demás actividades del país: fue el tiempo del estraperlo a todos los niveles.

Ya a mediados de la década de los cincuenta se consolidaron unas empresas productoras solventes, que permiten considerar la existencia entonces de una verdadera industria. A lo largo del relato han ido apareciendo: Cifesa, Suevia, CEA, Ulargui, Perojo, Emisora Films, Aspa, Chamartín. Apoyándose en ellas, los directores de la generación de la posguerra y de la inmediatamente posterior conseguirían títulos importantes y premios internacionales.

Los cambios ministeriales de 1962, con la presencia de Fraga en el Ministerio de Información y de García Escudero en la Dirección General de Cinematografía, supusieron la aparición del que fue llamado «nuevo cine español», además de la moderación en los desmanes de la censura. Pero si hacemos caso de Berlanga, aquel «cine de autor» partía de los presupuestos de las famosas Conversaciones de Salamanca y perjudicó la consolidación de las estructuras industriales de la cinematografía nacional.

Hubo en estos años, como desde que los Jimeno rodaron la salida de la misa del Pilar, hace ahora cien años y muy poco, productores serios y granujas, películas excelentes y horrorosas, directores competentes e ignorantes. Y los seguirá habiendo siempre, porque el cine es así. Aquí y en todas partes.

También se seguirá discutiendo sobre si la protección económica del Estado a los productores es o no beneficiosa e incluso, indispensable; aunque a la hora de la verdad, todos procurarán conseguir las mayores subvenciones posibles. A Dios gracias, la censura ya es tan sólo un mal recuerdo. Pero vale la pena traer a colación unas declaraciones hechas en *Triunfo*, en 1959, por Juan Antonio Bardem, en las que afirmó que, sin censura, el cine español sería colosal y ganaría los mercados del mundo. No ha ocurrido así, hasta el momento.

Lo único cierto es que lo fundamental en el cine, como en todo, es el talento. Y eso no abunda, por desgracia.

BREVES INSERTOS, ANTES DE TERMINAR

En 1957 y con ocasión de celebrarse en Roma la Primera (y única, hasta el presente) Semana del Cine Español, viajamos a la Ciudad Eterna un grupo de personas vinculadas a la industria del celuloide. Uso la primera persona porque yo también formaba parte de él, dadas mis vinculaciones jurídicas de entonces con las productoras.

Recuerdo a María Martín, Carmen Sevilla, Amparo Rivelles, Maite Pardo, Luz Márquez, Paco Rabal, José Suárez, Germán Cobos, Fernando Sancho, Fernando Rey, José María Forqué, Sáenz de Heredia, Ruiz-Castillo, Benito Perojo; quizás se me escape algún nombre.

Los buenos oficios de Julián Cortés Cavanillas, corresponsal de *ABC* en Roma, lograron que el Papa, a la sazón Pío XII, concediera una audiencia privada a la delegación española. Y al Vaticano nos fuimos, de buena mañana, naturalmente emocionados (los creyentes) o tan sólo con notable curiosidad, los agnósticos. Porque, como puede suponerse, en el grupo cabían todas las ideas.

Anunciado enfáticamente por un cardenal de empalagoso acento, cuando apareció el Santo Padre en la pequeña sala caímos todos de hinojos, como empujados por un resorte invisible. Pues aquel Pontífice, de figura vertical, solemne, como de otro mundo, imponía respeto, fervor, devoción. Porque, sobre todo, tenía una mirada profunda, desde sus ojos menudos, penetrantes, que talmente se diría que se asomaba al alma de sus interlocutores.

A la salida de la audiencia, todos estábamos emocionados; incluso los no creyentes. Comentamos la sensación de santidad que trascendía de Pío XII y entonces, como colosal resumen del impacto que nos había producido, una de las actrices, que por entonces andaba liada (unida sentimentalmente) con un señor casado, exclamó con toda espontaneidad:

—¡Anda! Como cuando se me quedó mirando y me clavó los ojos de aquella manera, yo me dije: «¡Éste sabe lo de Pepe...!»

No esperen que les revele el nombre de la actriz.

*

Para una película que iba a dirigir, quería Jaime Camino una actriz que diera la imagen tópica de la belleza española, morena, de buen tipo y que supiera bailar flamenco. Además, que todavía no fuese conocida en la pantalla.

Por fin encontraron una joven andaluza que parecía reunir todos esos requisitos. Se presentó en las oficinas de la productora, acompañada por un caballero maduro, de muy buena facha, correctísimo, que para comenzar la conversación, anticipó:

—Por supuesto, ya imagino que el papel no tendrá procacidades ni escenas de mal gusto, porque mi Sagrario no tolera las ordinarieces.

—No se preocupe; el guión es del todo correcto.

—Ni que decir tiene que mi Sagrario se niega en absoluto a cualquier clase de exhibición anatómica, por pequeña que sea. Nada de desnudos, ni siquiera parciales.

—Tranquilo; en esta película no hay problemas en ese sentido.

—Nos desagradaría asimismo que mi Sagrario tuviera que interpretar alguna escena escabrosa. Me refiero, aunque sólo estén sugeridas, a violaciones o manipulaciones impuras...

—De eso no hay nada, descuide.

—En cuanto a los besos... si pudieran evitarse. En todo caso, que nunca sean, como suele decirse, de tornillo.

—Lo tendremos muy en cuenta.

—Pues entonces, ya podemos hablar de las condiciones económicas.

Se pusieron de acuerdo con facilidad. Cuando Sagrario y el escrupuloso caballero se marcharon, comentó el productor:

—Parece mentira que todavía queden personas tan morales, tan cristianas, tan celosas de la virtud femenina como este caballero. ¿Quién es?

—Un rico terrateniente de Jaén. Esta casado, tiene cinco hijos y lleva dos años liado con Sagrario.

*

Alguien tuvo la idea de hacer una especie de versión actualizada de *Raza*, incluyendo una entrevista con Alfredo Mayo, que contaría curiosidades del rodaje y suprimiendo de la película original los diálogos y los planos que resultaran poco acordes con la democracia recién instaurada en España. Para lo cual se consideró indispensable suprimir todos los saludos brazo en alto. La experiencia se llamaría *Espíritu de una raza*.

Todo iba bien en el montaje, hasta que llegó un plano en el que uno de los personajes entraba en el despacho del superior, hacía el saludo falangista e inmediatamente daba paso a otro personaje. La acción era tan seguida, que no se encontraba modo de cortarla.

Dándole vueltas a la solución, uno de los montadores sugirió dejar la escena tal cual: entraba el secretario en el despacho del superior y para justificar que levantara el brazo, podía decir, a la vez que el otro pasaba por la puerta:

—Aquí llega un señor así de alto...

No se atrevieron, claro.

*

El faquir Daja-Tarto tuvo cierta notoriedad como atracción de circo. Era valenciano, se llamaba de apellido Tortajada y su especialidad consistía en comer cristal. De modo y manera que agarraba un vaso, comenzaba a mordisquearlo con el mismo placer que si fuera un bocadillo de calamares y terminaba por zampárselo hecho pedacitos y con la mayor tranquilidad.

Ya retirado de oficio tan peligroso para el estómago (hacía años que todos sus dientes eran de oro, para así triturar mejor el vidrio), se especializó en organizar apoteosis populares en los estrenos de aquellas películas cuyo lanzamiento quería hacerse a lo grande. Contrataba unas docenas de extras, que debidamente colocados en la puerta del cine, aclamaban a la estrella cuando llegaba, la empujaban, le pedían autógrafos, besaban sus manos y en definitiva, contagiaban al público circundante del más exaltado fervor.

La culminación del entusiasmo consistía en provocar una avalancha de los enloquecidos *fans*, tan incontenible, que se precipitaban sobre la puerta del cine, en su afán de acercarse a la gloriosa actriz y rompían los cristales. Esto lo comentaban al día siguiente los periódicos, como muestra del exitazo obtenido por la película y su protagonista en el estreno.

Esto, también, se ajustaba con especial cuidado en los costos, cuando la distribuidora y el empresario del local establecían el presupuesto para la publicidad de la *première*.

*

España es un plató, se escribió en 1965, con evidente satisfacción, para resaltar que peliculeros de todo el mundo venían aquí a rodar sus producciones más costosas: *La batalla de las Ardenas*, en los pinares de Balsain; *Patton*, en Riofrío; *El doctor Zhivago*, en los alrededores de Madrid; *Lawrence de Arabia*, en Almería; *El proscrito de río Rojo*, en Toledo; *Orgullo y pasión,* en Ávila; *Mister Arkadin,* en Barcelona.

Por si algo faltara, en las colosales superproducciones de Samuel Bronston, íntegramente rodadas en España, o en los antiguos estudios de Chamartín, que el magnate compró, o en los terrenos de Las Matas, donde montaba sus espectaculares decorados, incluso trabajaban artistas españoles.

Bueno, más que trabajar, salían. Aunque sólo por eso, por salir, cobrasen mucho más dinero que por protagonizar una película española. Aunque su vanidad pudiera resentirse. Pues en *55 días en Pekín,* Conchita Montes se limitaba a decir «*magnifique*»; Alfredo Mayo hablaba un poco más, no mucho. Fernando Sancho daba unos gritos. José Nieto, Carlos Casaravilla y Félix Dafauce ni siquiera abrían la boca.

*

El obispo entonces de Canarias, monseñor Pildain, se hizo famoso por su rigor trentino. Cuando se estrenó en Las Palmas *Buenos días, tristeza,* prohibió ver la película a sus feligreses, bajo pena de pecado mortal. El filme había sido autorizado para mayores, no sólo por la censura española, sino por las oficinas católicas de Francia e Italia.

Este mismo purpurado fue el que, cuando la compañía de revistas de Colsada estrenó en la capital canaria *La blanca doble,* ante la imposibilidad legal de impedirlo, mandó a unos comandos de damas enlutadas que, rosario en mano, se apostaron junto a las taquillas del teatro y cada vez que llegaba un ciudadano para adquirir su localidad, gritaban a coro:

—¡Recemos un padrenuestro por el alma de este pecador, que se va a condenar por ver *La blanca doble*!

Me lo contó el propio Matías Colsada, a quien el escándalo le vino de perillas, porque gracias a él llenó todos los días.

... Y POR FIN, CINE EN LIBERTAD

Llegó la transición, llegó la democracia, se aprobó la Constitución. Por fin se pudo hacer un cine en libertad, sin cortapisas ni censuras ni condicionamientos. Se acabaron el funesto lápiz rojo y las siniestras tijeras; pero se acabaron también las excusas, las coartadas, los pretextos para encubrir mediocridades.

Con vía libre para la expresión, las pantallas se llenaron de señoritas en cueros, de historias escabrosas y de alegatos contra el anterior régimen. Tal fue la temática en los primeros años; pasada la euforia, todo volvió a su cauce y los directores con sensibilidad otra vez triunfaron y los arribistas se pasaron pronto de moda.

*

Berlanga, que ya era (¡cómo pasa el tiempo!) un veterano, agarró de nuevo un exitazo con *La escopeta nacional*, sátira aguda y demoledora (ésta sí) de las corruptelas del franquismo. Película coral, después continuada con más historias de Leguineche, lanzó a una clamorosa popularidad a Luis Escobar, en una de las más tremendas inconsecuencias que pueden recordarse.

Pues Escobar, marqués de las Marismas del Guadalquivir (tal era su hermoso título nobiliario) reunía méritos más que suficientes para haber sido ya famoso y admirado. En sus largos años de director del teatro nacional María Guerrero llevó a cabo una inolvidable labor de difusión de las mejores obras del repertorio universal. Continuó después, al frente de su propia compañía; dirigió dos películas; estrenó comedias. Pero, así es la vida, la gente le recordará tan sólo como el pintoresco marqués de Leguineche, en las películas de Berlanga.

Personaje entrañable, su anecdotario es infinito. Fue a visitar en Barcelona a un amigo, y al salir, el ascensor estaba oportunamente parado en el rellano de aquel quinto piso. Entró sin dudarlo y pulsó el botón para descender; un letrero de considerable tamaño advertía: «Prohibido bajar en el ascensor.» Al llegar a la planta baja, estaba aguardándole el portero, que hecho un basilisco, le increpó:

—¿Cómo ha bajado usted en el ascensor?

Y Luis, tan tranquilo:

—Divinamente, divinamente...

*

José Luis Garci, uno de los directores que más sabe de cine, y encima lo demuestra cuando hace películas, después de varios títulos excelentes logró la consagración mundial al ganar el Oscar de Hollywood con *Volver a empezar*, un prodigio de sensibilidad y ternura. No se lo perdonaron, como suele ocurrir en el país y hasta hubo miserables que criticaron la decisión de la Academia de Artes y Ciencias cinematográficas.

Pasó una temporada en el paro, consecuencia normal de los éxitos en España, pero pronto demostró de nuevo su sensibilidad y su buen oficio. Así que cuando la mayoría seguían dándole al desnudo integral, a los amores homosexuales y a la droga, como temas cinematográficos, sorprendió con una película llena de monjas, *Canción de cuna*, que le supuso un nuevo triunfo. Y siguió llevando la contraria a los usos imperantes con *La herida luminosa*. Y ahora acaba de terminar *El abuelo*, que estoy seguro que también será un peliculón.

El otro Oscar se lo llevó, diez años más tarde, Fernando Trueba, que desde su primera película, muy justamente titulada *Ópera prima*, había demostrado su categoría como realizador. *Belle époque* es obra sin fisuras, bien contada, con una ambientación y una interpretación admirables. Y con una licencia cronológica, que casi nadie advirtió: en la espléndida secuencia en la que Mari Carmen Ramírez llega a casa de sus hijas, les canta la romanza de tiple de *La tabernera del puerto*. La acción del filme transcurre en 1931; la zarzuela de Sorozábal se estrenó en 1936. Pero da igual; lo importante es que toda la película es estupenda.

No voy a detallar títulos ni nombres de este período del cine español, que es el que estamos viviendo. Reitero que no hago historia, sino mero anecdotario. Sin embargo, disculpen si recuerdo que la película española que mayor número de espectadores atrajo en 1978 (y por consiguiente, la de mayor recaudación) fue *...y al tercer año, resucitó*, basada en mi novela del mismo título. Siento la necesidad de contarlo, como homenaje a su director, Rafael Gil, que tantos agravios tuvo que sufrir en sus últimos años, simplemente por ser fiel a sus ideales.

*

Los dos acontecimientos máximos del cine nacional en estos tiempos (además de los Oscar) se resumen en dos nombres: Pedro Almodóvar y Antonio Banderas. El director manchego ha triunfado en todo el mundo, imponiendo un estilo muy personal, al servicio de una brillante visión cinematográfica. Podrán —y deberán— discutirse sus temas, sus planteamientos y sus obsesiones sexuales. Pero cuando un realizador alcanza la difusión de Almodóvar y su obra se aplaude en todos los países, no cabe más que reconocerle una personalidad fuera de lo común.

Y Antonio Banderas, que comenzó a hacerse notar precisamente en las primeras películas de Almodóvar y que es hoy galán predilecto de Hollywood, en paridad de cotización con los más famosos. Lo suyo es un ejemplo de profesionalidad; habla inglés a la perfección, canta cuando es preciso y ha sabido aprovechar su estupendo físico y sus dotes dramáticas para llegar a lo más alto. Con el natural enfado de los mediocres que por ahí dicen «que no se lo explican». Pues la cosa está clara: aptitudes, vocación, trabajo y sacrificio.

*

Otra vez parece que el cine nacional endereza su rumbo. Otra vez el público acude a ver sus películas. Julio Medem, uno de los más valiosos directores de la nueva hornada, ha dado en el blanco al decir que para hacer un cine libre, necesita gustar a la gente. Ahí está el secreto; un secreto a voces, que sin embargo olvidan quienes continúan empeñados en colocar tostones, pretendidas audacias sexuales o discursos políticos.

Seguimos sin contar con una industria consolidada. Las subvenciones del Estado y los anticipos de las televisiones facilitan la realización de películas que ni siquiera se estrenan, porque ya están amortizadas con esos ingresos: lo mismo que hace medio siglo ocurría, con los permisos de importación y los créditos sindicales. Pero hay una generación de directores con vocación, que permiten confiar en el relevo de quienes van haciéndose viejos: Bajo Ulloa, Amenábar, Álex de la Iglesia, entre otros tan jóvenes como ellos. Lo que se llama ley de vida.

En fin, deseemos también vida próspera a nuestro cine, tan pródigo en anécdotas, tan pintoresco a veces, tan importante en otras. Y siempre, siempre, tan entrañable.

FUENTES

Para escribir este libro me he servido, en primer lugar, de mis recuerdos personales. A los dieciocho años comencé a hacer crítica cinematográfica en la prensa de Valencia, con la osadía propia de la edad. Durante más de una década viví más tarde la singladura del cine español, como redactor de la revista *Triunfo*. Después, mi especialización profesional en Derecho Cinematográfico me facilitó, como es obvio, el conocimiento de las más insólitas interioridades de la industria.

Complementando todas estas vivencias, he buceado en libros que me resultaron fundamentales para completar el anecdotario del cine español. Especialmente útiles me han sido las *Memorias* de María Asquerino (Plaza Janés, 1987); las de Francisco Rabal y Espartaco Santoni, respectivamente tituladas *Si yo te contara* (El País/Aguilar, 1994) y *No me callo nada* (Capriles, S. A., 1990). Así como las de Fernando Fernán-Gómez, tan admirablemente escritas, *El tiempo amarillo* (2 vols., Debate, 1990), las de Eduardo García Maroto, *Aventuras y desventuras del cine español* (Plaza Janés, 1988), y las de Antonio Ozores, *Anticiclón de los Ozores* (Ediciones B, 1998).

Los datos históricos y las valoraciones críticas (además de las mías propias) las tomé de Ángel Zúñiga (*Una historia del cine*, Destino, 1948), Fernando Méndez-Leite (*Historia del cine español*, Rialp, 1965), Julián Marías (*Visto y no visto*, 2 vols., Guadarrama, 1970), Carlos Fernández Cuenca (*Historia del cine*, 3 vols., Afrodisio Aguado, 1948), Román Gubern (*El cine sonoro en la República*, Lumen, 1977 e *Historia del cine*, Lumen, 1971).

Completé la documentación con *María Félix* (Paco Ignacio Tabio I, Moritz-Planeta, 1985), Gubern y Font (*Un cine para el cadalso*, Euros, 1975), Pérez Bastias y Alonso Barahona (*Las mentiras sobre el cine español*, Royal Books, 1955), José María Pemán (*Mis almuerzos con gente importante*, Dopesa, 1970), C. Aguilar y J. Genovar (*El cine español en sus intérpretes*, Verdoux, 1995) y José María García Escudero (*La primera apertura*, Planeta, 1978).

Obviamente, consulté también mis propias obras: *Historia y anécdota del cine español* (Adra, 1976), *De la checa a la meca*, biografía de Sáenz de Heredia, en colaboración con Ángel A. Jordán (Planeta, 1988), *Personajes de entonces* (Planeta, 1984), y especialmente el *Diccionario del cine español* (Editora Nacional, 3.ª ed., 1968).

Por cierto que con este mismo título (estaban en su derecho para repetirlo) se han publicado recientemente dos libros. Uno, de Fernando Trueba, que quizás debió añadir la precisión de *personal* al titularlo, ya que en realidad, su relación de nombres está hecha desde una óptica absolutamente individual.

Con mayor ambición, la Academia Española de Cinematografía acaba de publicar otro diccionario, en el cual, sin embargo, aparecen omisiones poco justificables. Además de una insana obsesión por catalogar a las veteranas gentes del cine español según fuera su adscripción a uno u otro bando durante la guerra civil. Lo que, a estas alturas de la fiesta, resulta notoriamente inoportuno.

Finalmente, consulté asimismo las revistas cinematográficas *Primer Plano*, *Triunfo*, *Cámara*, *Radiocinema* y *Fotogramas*, impagables por su valor documental.

